Acht Hunde sind kurz hintereinander verschwunden. Immer in der Nähe desselben Parks. Und jetzt ist auch noch der Hund von Bianca weg! Das ist *die* Gelegenheit für mich, Benedikt, meine detektivischen Fähigkeiten unter Beweis zu stellen. Natürlich mit Hilfe der Baronin. Aber die wittert noch einen weiteren Fall: Ihre Nachbarin im Altersheim hat überraschend das Zeitliche gesegnet und schon fährt deren Neffe einen teuren Wagen. Verbrechen oder Zufall? Da müssen wohl zwei »echte Profis« wie wir ran …

Weitere Fälle der »Zwei echten Profis«:

Der geschmuggelte Ring
Die Spur des Katers
Die verschwundene Ophelia
Ein charmanter Schwindler
Jagd auf den Pillendieb
Kreuzfahrt in den Knast
Schwere Jungs und leichte Beute

Zwei echte Profis

Bieniek & Band

Neun Entführungen und ein Todesfall

UEBERREUTER

Bieniek & Band – das sind:

Christian Bieniek
wurde 1956 in Dieburg geboren. Er lebt in Düsseldorf und schreibt Bücher für Kinder und Erwachsene.
Mehr über ihn findest du unter www.christianbieniek.de

Marlene Jablonski
wurde 1978 in Danzig geboren. Sie arbeitet seit ihrem Abitur als freie Schriftstellerin in Düsseldorf.

Vanessa Walder
wurde 1978 in Heidelberg geboren. Sie schrieb für die österreichische Jugendzeitschrift TOPIC und lebt heute als freie Schriftstellerin in Wien.

Kapitel 1

»Musstest du denn unbedingt so fest zudrücken, du Spinner?«, knurre ich Murat an. »Du hättest mich glatt umbringen können!«

Bei jeder Kopfbewegung tut mir der Nacken weh. Murat und ich sollten gestern in der Judostunde den Gummikater üben. Und wie immer bei diesen Festhaltegriffen musste ich das Opfer spielen.

»Eigentlich hätte ich bei so einer dämlichen Übung gar nicht mitmachen dürfen«, jammere ich. »Ich bin weder ein Kater noch aus Gummi!«

Murat kümmert sich nicht um mein Gemecker. Mit finsterer Miene schlurft er neben mir her, die Hände in den Hosentaschen vergraben. Ab und zu wirft er einen sehnsüchtigen Blick auf die vorbeifahrenden Autos.

Er hasst es genauso wie ich, zu Fuß zur Schule zu

gehen. Aber wenn es in Strömen gießt, so wie heute, müssen wir die Räder zu Hause stehen lassen. Damit wir nicht nass werden. So ein Quatsch! Murat und ich sind zwar mit Schirmen bewaffnet, aber wenn wir die benutzen, dann höchstens als Schwerter. Selbst beim schlimmsten Unwetter würden wir sie nicht aufspannen. Schirme sind was für Rentner. Und für Mädchen.

Zu dumm, dass unsere Eltern uns nicht mit dem Wagen zur Schule bringen wollen! Ihrer Meinung nach ist sie nur einen Katzensprung entfernt. Als ob Katzen kilometerweit springen könnten! Außerdem finden unsere Eltern, frische Luft würde uns gut tun. Murat und ich halten das alles für Schwachsinn. Der Schulweg kommt uns manchmal einfach endlos vor. Und auf den Straßen herrscht so wahnsinnig viel Verkehr, dass von frischer Luft keine Rede sein kann. Statt mit Schultaschen sollten wir lieber mit Gasmasken unterwegs sein.

»Die Nackenschmerzen waren so höllisch, dass ich kaum einschlafen konnte«, beschwere ich mich bei Murat. »Wenn du noch fester zugedrückt hättest, würde ich jetzt mit dem Kopf unterm Arm die Straße entlangspazieren. Weißt du was? Bei den nächsten Übungen solltest du eine Schaufensterpuppe benutzen. Der kannst du ruhig alle Knochen brechen. Und die quält deine empfindlichen Ohren auch nicht mit lauten Schmerzensschreien.«

»Mensch, Benedikt!«, stöhnt mein Freund. »Jetzt halt endlich die Luft an! Wenn du Angst vor blauen Flecken hast, dann hör auf mit Judo und geh in die Ballettschule.«

»Toller Vorschlag!«

»Gestern hast du dich mit einem wahren Meister gemessen, gegen den du nichts ausrichten konntest.«

Dieses Großmaul! Nur weil ich bei der Prüfung zum gelben Gürtel mit Grippe im Bett lag, spielt sich Murat seit ein paar Wochen auf, als wäre er der beste Judoka von ganz Hamburg. Ja, zugegeben: Ich konnte mich noch nie aus einem seiner Griffe befreien. Aber das liegt nicht an Murats Judokenntnissen. Er ist einfach zehn Zentimeter größer und acht Kilo schwerer als ich.

Nein, Murat ist nicht wirklich fett. Ehrlich gesagt sieht er sogar ziemlich gut aus. Dabei wäre es mir eigentlich viel lieber, wenn mein bester Freund furchtbar hässlich wäre. Dann würde ich neben ihm nicht ganz so farblos wirken. Es ist ein Wunder, dass ich mich selbst wiedererkenne, wenn ich in den Spiegel schaue, so normal sehe ich aus! Das Einzige, was mir selbst wirklich gut an mir gefällt, ist meine Brille. Bianca hat nämlich vor zwei Wochen behauptet, damit würde ich aussehen wie Harry Potter. Ich glaube, das war ein Kompliment.

»Na, bist du mal wieder mit deinen Gedanken am anderen Ende der Welt?«, reißt mich Murat aus meinen Träumereien. »Ich sagte eben, dass Judo nur was für harte Typen ist und nichts für Grübler wie dich.«

So ganz Unrecht hat er damit nicht. Aber ich habe mir überlegt, dass es für meinen späteren Beruf gar nicht so übel wäre, wenn ich mich wehren kann.

Was ich mal werden möchte? Detektiv natürlich!

Meinen ersten Fall habe ich vor ein paar Monaten gelöst. Das heißt, nicht ich allein. Aber immerhin war ich maßgeblich daran beteiligt.

Okay, im Grunde musste ich nichts weiter tun, als mir eine Autonummer zu merken. Die habe ich dann der Polizei verraten. Der Fahrer dieses Autos hatte einen anderen Wagen gerammt und war danach mit Vollgas geflüchtet. Klar, dass ich da eingreifen musste!

Und bei dieser Gelegenheit habe ich auch die Baronin kennen gelernt. Baronin ist kein Spitzname –

sie ist eine echte Adelige! Sie hatte sich bei dem Unfall ebenfalls die Autonummer gemerkt und ist mir auf der Polizeiwache zum ersten Mal begegnet. Dort musste sie ihren vollen Namen angeben: Karoline Baronin von Stöver. Klingt das nicht toll? Angeblich ist sie sogar mit der englischen Königin verwandt, wenn auch nur um 379 Ecken. Ob tatsächlich blaues Blut in ihren Adern fließt, konnte ich noch nicht nachprüfen. Bis jetzt hat sie sich bei keinem unserer Fälle verletzt. Aber die lösen wir ja auch nicht mit Körperkraft, sondern mit Köpfchen.

Die Baronin versteht so viel von Verbrechern, dass ich mich manchmal frage, warum sie selbst keiner geworden ist. Etliche Mörder hat sie bereits entlarvt und das meistens hundert Seiten vor Schluss. Sie verschlingt nämlich einen Detektivroman nach dem anderen. Nur ihre Lieblingsautorin Agatha Christie schafft es ab und zu, die Baronin auszutricksen.

»Kannst du nicht noch etwas langsamer gehen?«, stichelt Murat. »Dann verpassen wir wenigstens gleich die ganze erste Stunde. Weißt du was, Benedikt? Du wirst deinem Haustier immer ähnlicher.«

Damit meint er meine Schildkröte Emily. Ich hab sie zu meinem zehnten Geburtstag bekommen.

Natürlich bewege ich mich kein bisschen langsam. Aber leider stecken die ganzen zehn Zentimeter, die Murat größer ist als ich, in seinen Beinen. Wenn er einen Schritt macht, brauche ich anderthalb. Es ist nicht immer leicht, mit Murat mitzuhalten.

Dafür kommt Murat in der Schule nicht so gut mit wie ich. Fast jeden Morgen schreibt er die Aufgaben von mir ab. Deshalb drückt er beim Judo auch nie so fest zu, dass mir die Luft wegbleibt. Als Leiche könnte ich ja keine Hausaufgaben mehr machen.

»Achtung, Gänsealarm!«, zischt mir Murat plötzlich zu.

Ich werfe einen Blick über die Schulter und erkenne unter einem riesigen, knallbunten Schirm zwei Mädchen aus meiner Klasse. Prompt rast mein Herz drauflos.

Bianca ...

Neben Lydia, die wie gewöhnlich ihren roten Anorak anhat, tigert sie mit gesenktem Kopf den Bürgersteig entlang. Sie trägt einen schwarzen Regenmantel und gelbe Stiefel.

Wie immer, wenn ich Bianca sehe, spielt meine Atmung verrückt. Ich bekomme so wenig Luft, als hätte ich gerade einen Marathonlauf hinter mir. Und ein seltsames Kribbeln jagt durch meinen ganzen Körper.

»Hm, Bianca sieht nicht besonders fröhlich aus«, stellt Murat fest, der sich ebenfalls umgeschaut hat. »Welche Laus ist der wohl über die Leber gelaufen?«

Keine Ahnung. Aber wenn ich die Laus gewesen wäre, hätte ich anschließend noch einen Abstecher zu Biancas Lippen gemacht und wäre dort stundenlang spazieren gegangen.

»Was ist los, Benedikt?« Murat boxt mich grinsend in die Seite. »Du bist ja so blass, als hättest du heute Nacht in einem Sarg geschlafen. Hast du etwa Angst vor Lydia und Bianca? Das sind doch nur Mädels, Mann! Bleib cool und mach einen Knoten in deine Zunge, kapiert?«

Ein weiser Rat, denn wenn Bianca in der Nähe ist, brauche ich mindestens zwanzig Sekunden für ein Wort. Allein ihr Name kostet mich unsägliche Mühen. Er klingt dann auch mehr nach B-B-B-Bianca.

Also sage ich lieber gar nichts, sobald meine Angebetete in Sichtweite kommt. Ich will schließlich nicht, dass sie auf die Idee kommt, mich Harry Stotter zu nennen. Aber das würde sie wahrscheinlich niemals tun. Dazu ist sie viel zu nett.

Murat und ich haben unsere Blicke wieder geradeaus gerichtet und den Gang beschleunigt. Trotzdem scheinen die Mädchen aufzuholen. Jedenfalls wird Lydias Geschnatter immer lauter.

Da ruft sie auch schon: »Na, Murat, musst du mal wieder Aufgaben abschreiben? Oder warum hast du es so eilig?«

»Du schreibst deine Sechsen ja lieber ohne fremde Hilfe«, ruft mein Freund zurück, ohne den Kopf zu wenden.

Ich wünschte, mir würde auch immer ein toller Spruch einfallen, wenn sich jemand über mich lustig macht. Okay, meistens fällt mir tatsächlich einer ein. Aber wenn Murat in Hörweite ist, habe ich keine Chance, ihn zu überholen. Seine Zunge ist zehnmal schneller als meine. Und seine Stimme zwanzigmal lauter.

»Hey, Benedikt!«, ruft Lydia, die jetzt direkt hinter uns sein muss. »Willst du Murat eigentlich bis zum Abitur abschreiben lassen?«

Da bleibt Murat stehen, fährt herum und faucht: »Kann dir das nicht völlig egal sein, du dumme Nuss?«

Ich hasse Streitereien mit Mädchen – vor allem mit Mädchen wie Lydia! Gegen ihre große Klappe ist kein

Kraut gewachsen. Sie kann uns in Grund und Boden quatschen, wenn sie will. Und blöderweise will sie das fast immer!

Warum gehen wir nicht einfach weiter? Hoffentlich überholen uns die beiden Mädchen ohne uns anzugiften.

O nein: Lydia und Bianca bleiben neben uns stehen! Ich weiß nicht, wo ich hinschauen soll. Darum nehme ich schnell die nasse Brille ab und reibe sie an meinem linken Ärmel, obwohl der noch nasser ist als die Brillengläser.

»Wisst ihr nicht, wie man Schirme aufspannt?«, fragt Lydia. »Das ist doch kinderleicht! Oder wollt ihr lieber nass werden, weil ihr heute Morgen wieder nicht geduscht habt?«

»Red keinen Mist!«, erwidert mein Freund gereizt, obwohl Duschen tatsächlich nicht unbedingt zu seinen Hobbys gehört.

»Mach nicht so ein böses Gesicht, Murat!«, bittet Lydia mit übertrieben ängstlicher Stimme. »Sonst krieg ich Angst vor dir, du großer Meister des Karate.«

»Judo!«, grummelt Murat und kickt einen Stein auf die Straße.

»Wieso hast du deinen gelben Gürtel nicht an?«,

wundert sich Lydia. »Oder passt der etwa gar nicht um deinen Bauch?«

»Morgen bringe ich ihn mit!«, droht Murat. »Und dann erwürge ich damit ein paar blöde Gänse!«

Lydia fängt an zu lachen. Ich setze die Brille wieder auf und werfe einen kurzen Blick auf Bianca. Sie sieht zu Boden und verzieht keine Miene. Irgendwas stimmt nicht mit ihr. So geknickt habe ich sie noch nie gesehen. Zu gern würde ich sie fragen, was mit ihr los ist, aber dafür müsste ich etwas höchst Schwieriges tun: reden.

Während ich nach den richtigen Worten suche, rupft Bianca plötzlich ihrer Freundin den Schirm aus der Hand und marschiert weiter.

»Was soll das?«, ruft Lydia ihr verdattert hinterher. »Warte mal! Ich wollte mir doch den Schnürsenkel zubinden!«

Als sie sich hinkniet, um ihren Schuh zu schnüren, flüstere ich Murat schnell ins Ohr: »Frag sie doch mal, was mit Bianca los ist.«

»Frag doch selbst!«

Klar, natürlich kann ich für mich selbst sprechen. Aber Lydia ist fast so bissig wie ein Kampfhund. Jeder hat Angst vor ihrem rotzfrechen Mundwerk, sogar

Murat. Ich schaue ihn so flehend an, dass er schließlich doch meine Bitte erfüllt.

Nachdem sich Lydia wieder aufgerichtet hat, sagt Murat: »Benedikt will wissen, warum Bianca ein Gesicht wie fünf Tage Regenwetter macht.«

Na toll! Warum hat er Lydia nicht gleich gefragt, ob Bianca mich heiraten will?

»Weil es seit fünf Tagen regnet«, antwortet Lydia. »Und jetzt passt mal gut auf!« Sie reißt meinen Schirm an sich und spannt ihn auf. »So einfach geht das. In der Schule kriegst du den Schirm wieder zurück, Benedikt! Tschüs!«

Sie will verschwinden, aber ich halte sie fest und frage: »Was ist denn wirklich mit Bianca los?«

»Sie ist traurig, weil ihr Flipper verschwunden ist«, verrät mir Lydia.

»Was? Sie hatte einen Delfin?«

»Einen Delfin!« Lydia verdreht die Augen. »Wo sollte sie den denn unterbringen, du Blödmann? In ihrer Badewanne? Nein, Flipper heißt der Hund, den sie von ihrer Oma geschenkt bekommen hat. So 'n ganz süßer, winziger Golden Retriever.«

»Ich kann mir schon denken, was mit ihm passiert ist«, sagt Murat.

»So? Was denn?«, fragt Lydia lauernd.

Murat grinst. »Abgehauen und unter einen Lkw geraten. An Biancas Stelle würde ich nach einem ziemlich flachen Hund Ausschau halten.«

»So flach wie deine Witze ist er sicher nicht!«, schnaubt Lydia und stapft mit großen Schritten davon.

Wir setzen uns ebenfalls in Bewegung.

»Los, Beeilung!«, drängt Murat. »Ich muss noch Mathe abschreiben!«

Und weil ich nicht gleich reagiere, tritt er mir gegen den linken Fuß. Der ist noch hier – im Gegensatz zu meinen Gedanken, die mal wieder ganz woanders sind.

Ich sehe mich vor Biancas Haus ankommen. Völlig außer Puste rase ich die Stufen bis zu ihrer Tür hinauf und läute Sturm. Sie öffnet und sieht mich fragend an. Ich hebe beide Arme und überreiche ihr, was ich unter Einsatz meines Lebens gefunden habe: ihren Flipper! Sie stößt einen Freudenschrei aus und schließt erst den Hund und dann mich in die Arme.

Nur ein Traum?

Hey! Wozu bin ich denn Detektiv? Wenn ich nicht mal meiner liebsten Bianca helfen kann, sollte ich es lieber gleich aufgeben. Aber ganz allein werde ich das wohl nicht hinkriegen.

Vor der Schule krame ich schnell mein Matheheft aus der Schultasche und drücke es dem verblüfften Murat in die Hand.

»Ich komme in fünf Minuten nach«, rufe ich. Dann flitze ich so schnell zur nächsten Telefonzelle, als würden mich drei Dobermänner verfolgen.

»Von Stöver«, meldet sich die Baronin mit ihrer tiefen Stimme. »Wer ist am Apparat?«

»Ich«, keuche ich in den Hörer.

»Ich kenne keinen Herrn Ich!«, brummt die Baronin unwirsch.

Sie mag es nicht, wenn man sich am Telefon nicht mit dem Namen meldet. Also tue ich ihr den Gefallen und sage: »Hier ist Benedikt Bachmann.«

»Wo brennt's denn, mein Junge?«

»Nein, keine Brandstiftung«, erkläre ich. »Es geht um eine Entführung. Biancas Hund ist weg.«

»Ein verschwundener Hund?«, meint sie abschätzig. »Vergiss es! Ich habe einen Mordfall ...«

Kapitel 2

Wie eine Schnecke kriecht die S-Bahn durch die Stadt. Unruhig rutsche ich auf meinem Sitz hin und her und werfe immer wieder einen Blick auf die Uhr. Natürlich starre ich auch aus dem Fenster und halte Ausschau nach Kreuzen und Grabsteinen. Bisher vergeblich.

Es regnet mal wieder Bindfäden. Graue Wolken hängen tief über der Stadt. Also genau das richtige Wetter für eine Beerdigung.

Mir gegenüber sitzt ein alter Mann mit Schnauzer und Glatze. Er hat mehr Falten im Gesicht als alle meine vier Großeltern zusammen. Seine blauen Fischaugen haben mich schon mehrmals von Kopf bis Fuß gemustert.

Als die S-Bahn an der nächsten Station hält, stößt der Mann einen Seufzer aus und sagt: »Du machst mich ganz nervös mit deinem Gezappel, mein Junge! Hast du etwa Hummeln im Hintern?«

»Nein, ich hab's eilig! Wenn die Bahn nicht einen Zahn zulegt, komme ich zu spät.«

»Wohin denn?«

»Auf den Altonaer Friedhof.«

Der alte Mann lächelt. »Glaub mir, da kommst du noch früh genug hin.«

»Ich muss auf eine Beerdigung«, erkläre ich.

»Wer ist denn gestorben?«

»Keine Ahnung«, antworte ich wahrheitsgemäß. »Eine alte Frau.«

»Tja, das haben alte Leute so an sich, dass sie irgendwann den letzten Atemzug tun.« Der Mann atmet ganz tief durch, als wollte er nachprüfen, ob er noch lebt. »Woran ist denn die Frau gestorben?«

»Keine Ahnung«, antworte ich wieder, woraufhin der Glatzkopf ein erstauntes Gesicht macht und fragt: »Du gehst auf Beerdigungen von Leuten, die du überhaupt nicht kennst?«

Ich nicke.

»Hm.« Der alte Mann kratzt sich am Hinterkopf. »Als ich so alt war wie du, da hatte ich ganz andere Hobbys.« Er steht auf, lächelt mich zum Abschied freundlich an und steigt aus. Beim Weiterfahren winke ich ihm zu.

Nein, ich hab wirklich keine Ahnung, auf wessen Beerdigung ich gehe. Mit dem Namen der Frau, die angeblich ermordet wurde, wollte die Baronin gestern am Telefon partout nicht rausrücken.

»Man kann ja nie wissen, wer unser Gespräch mithört«, flüsterte sie geheimnisvoll.

Sie hat mir lediglich verraten, dass der Mord in dem Altersheim verübt wurde, in dem die Baronin wohnt.

»Also praktisch nebenan!«, zischte sie gestern in den Hörer.

Und dann hat sie mich überredet, zur Beerdigung des Opfers zu kommen. Sie hat irgendwas von *Lokalaugenschein* gemurmelt. Ehrlich gesagt ist mir ziemlich schleierhaft, was sie damit meint. Will die Baronin etwa das Stammlokal der Ermordeten in Augenschein nehmen?

»Lass dir irgendeine Ausrede einfallen und schwänz die Schule«, hat sie mir allen Ernstes geraten. »Da verpasst du sowieso nichts.«

Typisch Baronin! Zum Glück ist heute Elternsprechtag. Also fällt der Unterricht sowieso aus.

»Altonaer Friedhof!«, tönt die Stimme aus dem Lautsprecher.

Als die Bahn hält, springe ich hinaus und halte nach allen Seiten Ausschau. Schräg gegenüber der Haltestelle entdecke ich den Friedhofseingang. Wie verabredet erwartet mich dort die Baronin. In der einen Hand hält sie einen Strauß weißer Lilien, in der anderen einen riesigen Regenschirm.

Ich flitze los.

»Wer ist tot?«, frage ich sofort, nachdem ich bei ihr angekommen bin.

»Anscheinend die Höflichkeit!«, grummelt die Baronin, klemmt sich den Blumenstrauß unter den Arm und schüttelt mir die Hand. »Guten Tag, Benedikt!«

»Guten Tag, Frau von Stöver!«, erwidere ich ungeduldig.

Ein Lächeln huscht über ihr Gesicht. »Ich dachte schon, du hättest das Grüßen verlernt. Wir gehen jetzt übrigens auf eine Beerdigung. Also beweg dich langsam und sag möglichst wenig.«

Also benimm dich wie immer! würde Murat hinzufügen.

Die Baronin trägt einen langen, schwarzen Mantel, der ihr kurzes, graues Haar noch kürzer und noch grauer erscheinen lässt. Missbilligend zupft die Baronin an meinem Anorak herum.

»Bin ich etwa farbenblind?«, fragt sie mit strenger Miene. »Oder ist das hier tatsächlich grün? Hast du noch nie gehört, dass man auf Beerdigungen schwarze Sachen trägt?«

»Ich habe nur diese Jacke«, verteidige ich mich. »Und darunter trage ich ja auch einen schwarzen Pulli.«

Zum Beweis mache ich den Reißverschluss auf. Sie nickt gnädig. Langsam werde ich zappelig.

»Warum stehen wir denn hier am Eingang herum?«, frage ich ungeduldig. »Sollten wir nicht endlich auf den Fried–«

»Pssst!«, zischt die Baronin. »Da ist er!«

Ich drehe mich um und sehe in die Richtung, in die sie starrt. Wer soll da sein? Alles, was es zu sehen gibt, ist ein schwarzer Jaguar, der gerade gegenüber vom Friedhofseingang geparkt wird.

Aus dem Wagen steigt ein Mann Anfang dreißig, der einen schwarzen Anzug und einen dunkelgrauen Mantel trägt. Ich verstehe nicht, warum ihn die Baronin mit bösen Blicken durchbohrt. Bei ihm hat doch sogar der Wagen die passende Farbe.

»Das ist der Neffe der verstorbenen Miss K!«, erklärt sie im Flüsterton. »Stell dir vor: Vor einer Woche ist er noch mit einem uralten VW-Käfer herumgefahren. Was sagst du dazu, mein Junge?«

Ich zucke die Schulter. »Wer ist überhaupt Miss K?«, erkundige ich mich ebenso leise.

»Frau Krasinski. Sie hatte die Wohnung neben mir. Findest du nicht auch, dass wir ihr einen Codenamen verpassen sollten?«

Mit langsamen Schritten und gesenktem Blick schlurft Frau Ks Neffe an uns vorbei, ohne sich auch nur im Geringsten um den Regen zu kümmern, und steuert auf die Kapelle zu. Seine Augen sind rot und geschwollen.

»Warum ist es denn so schlimm, dass ihr Neffe nicht mehr in seinem alten Käfer herumfährt?«, frage ich, als er außer Hörweite ist.

»So schlimm?«, wiederholt die Baronin mit hochgezogenen Brauen. »Das ist der Beweis, dass er der Täter ist, dieser schlaue Fuchs!«

»Weil er keinen Käfer mehr hat?«

»Und weil er jetzt einen Jaguar hat.«

»Deshalb ist er ein Fuchs?«, frage ich verwirrt.

»Aber ja. Und ein gerissener Hund noch dazu.«

»Hä?« Ich verstehe nur noch Zoo.

Die Baronin stößt einen Seufzer aus und zieht mich durch das Tor. In gemächlichem Tempo gehen wir den Kiesweg entlang.

»Überleg doch mal«, fängt sie an. »Ein junger Mann hat kein Geld. Er ist Maler, verdient damit aber nur ein paar Groschen. Seine einzige Verwandte ist eine alte Dame, die mit ihren 73 Jahren noch Rad fährt und wandert. Sie ist also rundum gesund. Darum besteht nur wenig Hoffnung, dass sie bald das Zeitliche segnet und er ihr Vermögen erbt. So weit alles klar?«

Ich kann nur nicken, weil ich plötzlich ein ganz mulmiges Gefühl im Bauch habe und kein Wort rauskriege. Ich muss nämlich daran denken, dass die Baronin auch nicht mehr die Jüngste ist. Und dass ihr Name bald ebenfalls auf einem dieser Grabsteine stehen könnte, von denen wir hier umzingelt sind.

»Tja, und plötzlich liegt diese gesunde alte Dame tot in ihrem Bett«, fährt die Baronin fort, worauf der Kloß in meinem Hals auf doppelte Größe anschwillt. Ob die Baronin eines Tages auch im Bett sterben wird?

»Und jetzt rate mal, wer Frau K am Tag zuvor besucht hat«, fordert sie mich auf.

»Der Kerl mit dem Jaguar«, vermute ich.

»Genau: ihr Neffe!«

»Aber sieht er denn nicht so aus, als wäre er furchtbar traurig?«, gebe ich zu bedenken. »Er hat eindeutig geweint.«

Die Baronin winkt energisch ab. »Krokodilstränen!«

»Hm.«

Ein Sonnenstrahl kämpft sich für ein paar Sekunden durch die graue Wolkenmasse. Kaum ist er verschwunden, wird der Regen noch heftiger.

Ich hole tief Luft und frage: »Wie wurde Miss K denn ermordet?«

Die Baronin schweigt. Unsere Schuhe machen ein knirschendes Geräusch auf dem Kies. Oder sind das vielleicht meine Zähne? Stimmt: Ich kann es auf den Tod nicht ausstehen, über den Tod zu reden. Nicht unbedingt die beste Voraussetzung dafür, Detektiv zu werden ...

»Na ja, die Todesursache steht noch nicht ganz fest«, druckst die Baronin herum, als wir vor der Kapelle angekommen sind.

»Sie meinen, man hat die Mordwaffe noch nicht gefunden?«

»Eigentlich gibt es keine Mordwaffe«, gesteht die

Baronin und klingt dabei irgendwie enttäuscht. Sie schaut auf ihre goldene Armbanduhr. »Sie müssten gleich rauskommen.«

»Schon?«

»Frau K wurde in der Kapelle nur aufgebahrt. Die Trauerfeier findet am offenen Grab statt.«

O Gott! Am liebsten würde ich die Beine in die Hand nehmen und abhauen. Mir fällt ein, was bei der Beerdigung von Herrn Dörsch, einem Nachbarn von uns, passiert ist. Als ich an seinem offenen Grab stand, wurde mir so schlecht, dass ich beinahe umgekippt und selbst ins Grab gefallen wäre.

»Äh – hören Sie, müssen wir denn unbedingt – äh – ich meine –«

»Sei still!«, unterbricht mich die Baronin. »Es geht los!«

Aus der Kapelle kommen rund dreißig schwarz gekleidete Leute. Fast alle haben dunkle Regenschirme dabei. Sie bleiben stehen und machen den Sargträgern Platz.

Wir schweigen, während wir zusehen, wie der Sarg vorbeigetragen wird und der Trauerzug ihm langsam folgt. Ich versuche den Kloß in meinem Hals runterzuschlucken. Vergeblich.

Die Baronin nickt einigen Leuten zu. »Die sind aus dem Heim«, erklärt sie mir.

Einige kenne ich auch vom Sehen, weil ich die Baronin regelmäßig besuche.

Sie weist mit dem Kopf auf einen älteren Mann, der ihr zunickt.

»Das ist Herr Hoffmann«, sagt sie. »Er hat Miss K einen Heiratsantrag gemacht. Das ist erst eine Woche her. Sie hat natürlich Nein gesagt. Du hättest hören müssen, was für Witze Miss K über Herrn Hoffmann gemacht hat. Zum Totlachen!« Verstohlen wischt sie sich eine Träne aus den Augenwinkeln. »Ach ja, sie war schon eine furchtbar nette Dame!«

Ich habe Frau Krasinski nur ein paar Mal kurz gesehen. Soweit ich mich erinnern kann, hat die Baronin nie etwas Nettes über sie gesagt, als sie noch lebte. Eigentlich hat sie sich nur über sie beschwert. Weil sie zu laut Musik gehört und beim Kartenspielen angeblich betrogen hat. Und weil sie niemanden grüßte, wenn sie schlecht gelaunt war.

Komisch: Sobald jemand tot ist, finden ihn plötzlich alle Leute nett.

Als Letzte schließen wir uns dem Trauerzug an. In Zeitlupe schreiten wir den Kiesweg entlang. Bis auf vereinzeltes Schniefen und das Prasseln der Regentropfen auf die Schirme ist kein Laut zu hören.

Nach ein paar Minuten bleiben wir an einem offenen Grab stehen und der Pfarrer beginnt mit dem Gebet.

Direkt hinter dem Sarg steht laut schluchzend Miss Ks Neffe. Die Baronin und ich lassen ihn keine Sekunde aus den Augen.

»Für diese schlechte Vorstellung würde der Kerl bestimmt keinen Oscar kriegen!«, zischt sie mir empört zu. »So ein Schmierenkomödiant! Er hat ein Riesenglück, dass es regnet. Da sieht es so aus, als würde er tatsächlich weinen. Genau darum hat er auch keinen Schirm.«

»Wie ist Frau K denn nun gestorben?«

»Der Arzt sagt Herzversagen«, flüstert sie.

»Aber – aber dann war es doch gar kein Mord!«

»Doch, und zwar ein perfekt ausgeübter Mord!«, behauptet die Baronin. »Ich vermute, dass Gift im Spiel war.«

»Vermutet das sonst noch jemand? Zum Beispiel die Polizei?«

»Die Polizei!«, meint die Baronin höhnisch. »Die tut doch erst was, wenn Blut fließt.«

»Dann sind wir also die Einzigen, die ermitteln.«

»Du hast es erfasst, mein Junge. Dieser Fall gehört uns ganz allein.«

Allmählich zweifle ich daran, dass es hier überhaupt einen Fall gibt.

»Morgen nehmen wir die Ermittlungen gegen den Verdächtigen A auf«, verkündet die Baronin. »Für mich ist die Sache klar: Er hat seine Tante um die Ecke gebracht!«

»Und wenn sich herausstellt, dass er unschuldig ist?«

Auch darauf hat die Baronin eine Antwort. »Dann widmen wir uns dem Verdächtigen B«, sagt sie. »Ich hab da schon jemanden im Auge.«

Kapitel 3

»Hallo!«

Ohne anzuklopfen stürmt Murat in mein Zimmer. Vor Schreck zucke ich zusammen und durchbohre meinen Freund mit einem grimmigen Blick.

»Kannst du nicht lesen, du Spinner?«, fauche ich ihn an. »Draußen steht *Bitte anklopfen.* Würdest du dich bitte daran halten?«

»Wenn du unbedingt willst!«, erwidert er grinsend und klopft mit dem rechten Mittelfinger dreimal gegen meine Stirn.

»Zufrieden?«, fragt er anschließend und zeigt dann auf den Bildschirm. »Machst du gerade was Wichtiges am Computer? Ich will *Kommando Acht* spielen.«

»Siehst du nicht, dass ich mit ganz was anderem beschäftigt bin?«, brumme ich. »Ich mache gerade Judo.«

»Mit deiner Maus?« Er schüttelt mitleidig den Kopf. »Na ja, das ist wohl der einzige Gegner auf der Welt, den du besiegen kannst.«

»Blödmann!«

Eigentlich wollte ich nur ziellos im Internet rumsurfen, aber vor einer halben Stunde habe ich zufällig eine Seite mit den besten Judogriffen entdeckt. Die werden dort besser erklärt als von unserem Judolehrer. Was allerdings auch keine große Kunst ist. Manchmal frage ich mich, wie der Typ zu seinem schwarzen Gürtel kommt. Hm, vielleicht hat er ja nur einen weißen und den seit Jahren nicht mehr gewaschen.

Dass ich überhaupt am Computer sitze, habe ich der Beerdigung von heute Morgen zu verdanken. Dauernd musste ich daran denken, wie Frau Ks Sarg im Grab versenkt wurde. Dabei liefen mir immer wieder kalte Schauer über den Rücken. Ich dachte, das Internet könnte mich vielleicht von meinen düsteren Gedanken ablenken.

»Vergiss diesen Quatsch!«, sagt Murat. »Judo kannst du nicht am Bildschirm lernen. Lass uns lieber ein Spiel einwerfen!«

»Keine Lust!«

Mein Freund verdreht die Augen. »Nun mach schon!«, drängt er. »Ich hab meiner Mutter vorgeschwindelt, dass ich zum Lernen rüberkomme.« Er wirft sein Matheheft achtlos auf mein Bett. »In einer halben Stunde muss ich wieder zurück sein. Sie will mit mir einkaufen gehen. Hoffentlich nichts zum Anziehen!«

Weil ich nicht darauf reagiere, lässt sich Murat auf dem Boden nieder und streichelt Emily über den Panzer. Sie kriecht gerade im Zimmer herum. Alle drei Zentimeter macht sie eine Pause und schaut sich nach allen Seiten um.

»Na, du Schnecke?«, begrüßt Murat sie grinsend. »Du gehst uns bestimmt nicht so schnell verloren wie Biancas Kläffer.« Er zupft mich am Hosenbein und fragt: »Schau doch mal nach, ob es im Internet eine Seite für entlaufene Delfine gibt!«

»Hm«, mache ich nur, obwohl ich Murats Vorschlag gar nicht so übel finde. Entlaufene Hunde mit Delfinnamen? Im Internet? Wieso nicht? Schließlich gibt es nichts auf der Welt, was man nicht im Internet findet.

»Okay!«, murmle ich. »Vielleicht entdecke ich tatsächlich was.«

Ich tippe *Hunde* und *entlaufen* in die Suchmaschine. Bereits die erste Seite ist ein Volltreffer. Ich klicke auf *Meldungen aus Hamburg*.

»Sieh dir das an!«, rufe ich Murat zu.

Er steht auf und setzt sich auf den Schreibtisch. Mit gerunzelter Stirn überfliegt er die Anzeigen.

»Seltsam ...«, meint er nachdenklich. »Da sind acht Hunde weggelaufen in den letzten drei Wochen.«

»Und alle waren jung und reinrassig«, ergänze ich.

Könnte es sein, dass ich meine erste heiße Spur entdeckt habe?

Hilfe!, lautet eine Meldung. *Mein Boxerwelpe Henry ist am 2. 3. in der Jungiusstraße verschwunden. Für Hinweise rufen Sie bitte Tel.: 72* ... und so weiter.

»Einige bieten sogar Finderlohn!«, sagt Murat, der plötzlich Feuer und Flamme ist. »Mensch, Benedikt! Wir sollten Hundesucher werden. Damit könnten wir unser Taschengeld ganz schön aufbessern.«

»Drei der Hunde sind im *Planten un Blomen* verschwunden«, stelle ich fest.

»Ist ja auch logisch«, meint Murat. »Schließlich gehen die meisten Leute mit ihrem Hund im Park spazieren und nicht auf der Elbe. Es sei denn, die

Hunde heißen nicht nur Flipper, sondern sehen auch wirklich so aus.«

»Es gibt aber jede Menge Parks in Hamburg. Warum gerade im *Planten un Blomen*?«

»Keine Ahnung«, knurrt Murat. »Wer gibt einem Park überhaupt so einen bescheuerten Namen? Warum heißt er nicht einfach *Pflanzen und Blumen*?«

Ich zucke die Schultern.

»Wo ist eigentlich die Jungiusstraße?«, erkundigt Murat sich plötzlich. Er schielt auf die große Hamburg-Karte, die über meinem Bett hängt. Mein Vater hat sie mir letztes Jahr zum Geburtstag geschenkt.

»Darf ich?«, fragt er. Ohne eine Antwort abzuwarten schnappt er sich ein Blatt Papier und steigt damit auf mein Bett.

»Hey, runter da!«, rufe ich. »Oder zieh wenigstens deine Schuhe aus! Das ist eine Bettdecke und keine Fußmatte, kapiert?«

Doch Murat kümmert sich gar nicht um mein Geschimpfe. Seelenruhig reißt er einen Schnipsel Papier ab und leckt mit der Zunge darüber. Dann klebt er ihn auf eine Stelle der Karte.

»Du Ferkel!«, brülle ich. »Der Stadtplan war ein

Geschenk von meinem Vater. Hör auf ihn zu bespucken!«

»Reg dich ab und lies mal vor, wo die anderen Hunde verschwunden sind!«

Aha, jetzt dämmert mir, was Murat vorhat. Ich lese ihm die Orte vor. Für jeden entlaufenen Hund klebt er einen Fetzen auf den Plan.

»Und der achte?«, fragt Murat.

»Steht nicht dabei.«

Ich werfe einen neugierigen Blick auf die Karte. Nanu, die Schnipsel kleben ja alle in nächster Nähe von *Planten un Blomen.* Drei sind im Park selbst.

»Ist eine Telefonnummer dabei?«, fragt er. »Ich meine bei dem achten Fall.«

Ich nicke.

»Dann rufst du da jetzt sofort an«, erklärt er bestimmt. »Beeil dich, ich muss gleich weg!«

»Moment mal! Wieso anrufen? Und wieso ich?«

Er zieht eine Schnute. »Na warum wohl? Wer von uns beiden ist denn hier der große Detektiv, hä? Und wer ist so scharf darauf, Biancas Hund zu finden? Ich oder du?«

»Äh –«

»Du! Ist Emily so gut dressiert, dass sie dir das

Telefon aus dem Wohnzimmer holen kann? Oder musst du das selbst machen?«

»Bin ja schon unterwegs!«

Als ich ins Wohnzimmer komme, hebt meine Mutter ihren Blick von dem Buch, das sie gerade liest.

»Na? Hilfst du Murat bei den Hausaufgaben?«

»Ja, ja, Mutti!«

»Was macht ihr denn, wenn ich mal fragen darf?«

»Geografie und Biologie.«

Das ist nicht mal gelogen. Schließlich beschäftigen wir uns im Moment mit Stadtplänen und Hunden.

Ehe Mutter auf die Idee kommt, mir zu verraten, was sie heute beim Elternsprechtag über mich gehört hat, schnappe ich mir schnell das Schnurlostelefon und verkrümle mich in mein Zimmer. Wahrscheinlich hat sie gar nichts Schlimmes über mich erfahren. Aber man kann ja nie wissen, wie die Baronin so gern zu sagen pflegt.

Murat wartet schon ungeduldig auf mich. Er sagt mir die Nummer an. Dann presst er sein Ohr neben meines, weil er kein Wort verpassen möchte.

»Therese Kreisel«, meldet sich ein Mädchen, das in unserem Alter sein muss.

Ein Mädchen! Ich werfe Murat einen entsetzten

Blick zu. Der rammt mir einen Ellenbogen in die Seite.

»Ich – äh – ich bin Benedikt Bachmann«, beginne ich mit zitternder Stimme. »Ich rufe an wegen – äh – wegen des Hundes, der – äh – der verschwunden ist.«

Das Mädchen schweigt eine halbe Ewigkeit. Oder kommt mir das nur so vor? Als Thereses Stimme endlich wieder ertönt, klingt sie ängstlich und aufgeregt.

»Sie – Sie haben meinen Lorenzo?«, fragt sie.

»Was? Äh …«

»Was wollen Sie?«, fragt Therese.

»Na ja, eigentlich wollte ich nur fragen, wo – äh – wo denn der – äh – Hund –«

»Wie viel wollen Sie?«, kreischt das Mädchen. »Wir bezahlen jeden Preis, aber bitte tun Sie ihm nichts an! Er ist doch noch ein Baby!«

Ich lasse den Hörer sinken. Was soll denn das? Fragend sehe ich Murat an. Er zuckt die Schultern. Ich halte den Hörer wieder ans Ohr.

»Gar nichts will ich«, sage ich schnell. »Mir – äh – mir ist auch ein Hund weggelaufen.«

Lächelnd reckt Murat seinen rechten Daumen in die Luft.

Ermutigt fahre ich fort: »Darum wollte ich gerne

wissen, wo dein Hund verschwunden ist. Außerdem kannst du mich ruhig duzen. Ich bin zehn.«

»Ach so«, erwidert das Mädchen hörbar erleichtert. »Tut mir Leid. Ich dachte, du wärst der Entführer.«

Murat fällt vor Lachen fast vom Schreibtisch. Ich halte den Hörer zu, damit Therese nichts von seinem Anfall mitkriegt.

»Mein Hund ist nicht weggelaufen«, erzählt sie.

»Nicht?«, frage ich verwirrt. »Aber er steht doch auf dieser Seite im Internet.«

»Ja. Aber nur, weil es keine Seite für entführte Hunde gibt«, erklärt sie. »Mein kleiner Lorenzo wurde gehundnappt.«

»Gewas?«, frage ich.

»Lorenzo ist kein Kid, sondern ein Hund«, erfahre ich von der anscheinend neunmalklugen Therese. »Darum kann er nicht gekidnappt worden sein, sondern –«

»Okay, ich habe verstanden!«, unterbreche ich sie leicht genervt. »Schließlich bin ich ja nicht blöd. Wo ist das denn passiert?«

»Ich wollte gerade vom Park nach Hause gehen«, erzählt das Mädchen stockend. »Lorenzo lief ein Stückchen vor und schnupperte an einem Baum. Ich bückte mich kurz, weil mein Handschuh runtergefallen war. Und da – da schnappte ihn sich dieser Kerl!«

Murat presst sich immer enger an den Hörer und damit auch an meinen Kopf. Ich schubse ihn von mir weg. Erst wirft er mir einen finsteren Blick zu. Dann schnappt er sich einen Zettel, schreibt was drauf und drückt ihn mir in die Hand.

Inzwischen hat das Mädchen angefangen zu weinen. Weil ich nicht weiß, was ich sagen soll, lese ich einfach vor, was auf dem Zettel steht.

»Hasf du dm Krl erfonnt?«

Schönschrift gehört nicht zu Murats Stärken, wie ich mal wieder erkennen muss.

»War das Chinesisch?«, wundert sich Therese.

Murat rupft mir den Zettel aus der Hand und schreibt etwas auf die Rückseite. Diesmal gibt er sich etwas mehr Mühe.

»Hast du den Kerl erkannt?«, lese ich laut vor.

»Nein, gekannt hab ich ihn nicht«, sagt Therese. »Aber ich hab ihn natürlich gesehen.«

Murat, der sich schon wieder an den Hörer presst, verdreht die Augen.

»Und? Wie sah er denn aus?«, frage ich.

»Nicht besonders groß. Und auch nicht sehr alt.«

»Also klein und jung?«, hake ich nach.

»Nein, eigentlich nicht.«

Murat tippt sich an die Stirn.

»Irgendwelche besonderen Merkmale?«, frage ich.

»Nein.«

»Welche Haarfarbe?«

»Er hatte gar keine Haare«, sagt sie.

Murat schüttelt den Kopf. »Wenn das kein besonderes Merkmal ist!«, flüstert er.

»Und er hatte einen riesigen schwarzen Bart«, fährt das Mädchen fort. »Um seine Zähne zu verbergen.«

»Wieso verbergen?«

»Weil ihm zwei Vorderzähne fehlten«, sagt Therese, als wäre das die natürlichste Sache der Welt.

»Wo warst du spazieren?«, erkundige ich mich.

»Vor dem *Planten un Blomen.*«

Murat und ich reißen gleichzeitig die Augen auf und werfen uns einen viel sagenden Blick zu. Mein Freund steht auf und klebt einen weiteren Schnipsel auf die Karte.

Während ich mich von Therese verabschiede, kritzelt Murat in meinem Matheheft herum.

»Danke, du hast mir wirklich weitergeholfen«, sage ich zu dem Mädchen.

»Bitte. Normalerweise rede ich ja nicht mit Jungs. Aber du bist richtig nett. Wie siehst du denn aus?«

Im Moment ziemlich rot im Gesicht, und zwar vor Verlegenheit.

»Bist du noch dran?«, fragt Therese.

»Ja. Aber jetzt nicht mehr. Tschüs!«

»Tschüs!«

Ich unterbreche die Verbindung und lege den Hörer aufs Fensterbrett. Dann wende ich mich Murat zu, der am Schreibtisch sitzt und immer noch in mein Matheheft kritzelt.

»Was machst du da?«, frage ich ihn.

Lächelnd präsentiert er mir eine Skizze.

»Wer soll das sein?«, erkundige ich mich. »Madonna oder der Papst?«

»Unser Verbrecher natürlich!«, antwortet er. »Genau so hat dieses Mädchen ihn uns beschrieben.«

Murat kann wirklich viel, aber zeichnen kann er nicht.

»Das ist jetzt unser Phantombild«, sagt Murat und reißt die Seite aus dem Heft.

Ein paar andere Seiten fallen mit heraus und landen auf Emily. Sie hat sich inzwischen bis zum Schreibtisch vorgearbeitet.

Murat bückt sich und fängt an zu kichern.

»Nicht fressen, Emily!«, meint er. »Für dich hab ich was anderes.« Er zieht ein Papierknäuel aus der Tasche und hält es ihr vor die Nase. »Hier, riech mal. Okay, und jetzt such!«

»Such was?«, frage ich misstrauisch. »Was soll das überhaupt sein?«

»Ein Zettel, den Bianca nach der Zeichenstunde weggeworfen hat«, erklärt Murat. »Also muss er noch nach ihr riechen. Und wahrscheinlich riecht ihr Hund auch nach ihr. Hat Emily nicht eine gute Spürnase?«

»Das ist eine Schildkröte und kein Bluthund!«

»Schade.« Er wirft einen Blick auf die Uhr. »Ich muss los. Danke, dass ich Computer spielen durfte!«

»Bitte! Echt toll von dir, dass du mir bei meiner Detektivarbeit geholfen hast.«

»Gern geschehen!« Murat schnappt sich sein Matheheft und geht zur Tür. »Warum hilft dir die Baronin nicht bei dem Fall?«

»Ach, sie kümmert sich um was anderes.«

»Um was denn?«

»Mord.«

Murat lacht auf. »Ich glaube eher, sie beschäftigt sich mit Vögeln.«

»Wieso?«

Er tippt sich an die Stirn. »Weil es bei der Baronin hier oben mächtig piept!«

»Quatsch!«

Mein Freund nickt mir zu und verschwindet aus dem Zimmer.

Ich lasse mich neben Emily nieder.

»Zeig doch mal, was du da hast.«

Sie liegt genau auf dem Papierknäuel, das Murat ihr gegeben hat. Vorsichtig hebe ich sie auf und schnappe mir das Blatt. Emily zappelt mit den Füßen. Ich setze sie wieder ab und glätte das Knäuel.

Bianca hat einen kleinen Hund darauf gemalt. Er ist hellbraun und kuschelig. Um den Hals trägt er einen silbernen Anhänger. Wenn der in Echt auch so groß ist, kippt das arme Tier vermutlich ständig vornüber. Ich sehe mir das Blatt näher an. Na ja, eigentlich könnte das Vieh darauf auch ein Kälbchen sein. Oder ein Tiger.

Egal – es ist von Bianca. Eigenhändig gemalt! Sorgfältig hefte ich das Blatt an die Wand neben meinem Schreibtisch. Allerdings mit Klebestreifen, nicht mit Spucke.

Kapitel 4

Jedes Mal, wenn ich die Wohnung der Baronin betrete, habe ich das Gefühl, in die Zentralbibliothek zu kommen. An jeder Wand stehen Regale voller Bücher, die bis zur Decke reichen. Für Möbel bleibt da natürlich kaum Platz. In einem der Zimmer befindet sich inmitten der gigantischen Büchersammlung ein Bett, in einem anderen Raum eine Badewanne und wieder in einem anderen ein grünes Sofa.

Genau auf diesem Sofa sitze ich gerade, während die Baronin uns von nebenan aus der Küche etwas zu trinken holt. Seit wir uns kennen, verbringe ich mindestens einen Nachmittag in der Woche in diesem Zimmer. Wir schlürfen gemütlich unseren Tee und unterhalten uns über die Krimis, die sie gerade gelesen hat.

Aber heute ist alles anders ...

Nebenan ist Miss K gestorben. Darum wollen wir gleich über einen Fall reden, der noch nie in einem Krimi aufgetaucht ist.

Es klopft an der Wohnungstür. Die Baronin kommt aus der Küche und öffnet die Tür. Sie wechselt ein paar Worte mit jemandem, reicht einen Geldschein hinaus und schließt die Tür wieder.

Mit geheimnisvoller Miene wendet sie sich mir zu. »Es kann losgehen, mein Junge. Er ist weg.«

»Wer ist weg?«, frage ich.

»Frau Ks Neffe. Er war heute dreimal in ihrer Wohnung, um ihre Sachen abzuholen. Die Putzfrau hat mir eben gesagt, dass er jetzt fahren will.«

Ich verstehe noch immer nicht. »Na und? Was hat das mit uns zu tun? Sollen wir dabei zuschauen, wie er seinen Jaguar startet?«

Die Baronin stemmt die Hände in die Hüften. »Weißt du wirklich nicht, was ich vorhabe?«

Ich schüttle den Kopf.

»Wir gehen in Frau Ks Wohnung, was sonst?«, verkündet die Baronin. »Vielleicht entdecken wir etwas, womit wir den Mörder überführen können.«

Sie schnappt sich ihre Handtasche. Ehe ich ein Wort sagen kann, ist sie schon auf den Flur verschwunden. Was soll ich bloß machen? Erst kaue ich nervös auf meiner Unterlippe herum. Dann atme ich ganz tief durch und folge der Baronin.

Die steht vor Frau Ks Wohnungstür und sieht sich vorsichtig nach allen Seiten um. Dann holt sie ein Etui aus ihrer Handtasche. Genau so eins hat meine Mutter auch. Bei ihr sind da Nagelscheren und kleine Feilen drin.

Die Baronin klappt es auf. Der Inhalt sieht genauso aus, wie ich vermutet habe: jede Menge Feilen, Messerchen und Stäbchen, allerdings aus Silber.

»Wollen Sie sich jetzt die Nägel feilen?«, frage ich verblüfft.

Die Baronin antwortet nicht. Sie beugt sich ganz nah zum Türschloss und murmelt: »Zwölfer. Vielleicht ein Haar mehr, aber sicher kein Dreizehner.«

Dann zückt sie eine Feile und schiebt sie ganz vorsichtig in das Schloss. Anschließend nimmt sie einen der Silberstifte und steckt ihn etwas weiter oben hinein. Mit einem Ruck bewegt sie beides gleichzeitig in verschiedene Richtungen und – die Tür springt auf!

Ob meine Mutter das mit ihren Feilen auch kann? Dann sollte ich für ein paar Sachen in meinem Zimmer bessere Verstecke finden.

»Moment mal!«, protestiere ich leise. »Können wir denn einfach so eine fremde Wohnung betreten?«

»Wer soll uns denn daran hindern?«, fragt die Baronin zurück. »Der Geist von Frau K?«

Auf meinem Rücken macht sich Gänsehaut breit.

»Nun komm endlich rein!«, drängt die Baronin. »Mit Geistern werde ich schon fertig.«

In meinem Bauch kribbelt es so furchtbar, als würde dort ein Tausendfüßler spazieren gehen. Trotzdem hefte ich mich der Baronin an die Fersen.

Sie schließt sofort die Tür hinter uns und legt warnend den Finger auf die Lippen. Ich werfe ihr einen fragenden Blick zu. Warum sollen wir unbedingt schweigen? Daraufhin formt die Baronin lautlos die Worte *Man kann nie wissen*. Pah! Also wenn es hier Wanzen gibt, dann sicher lebendige und nicht elektronische.

Neugierig schaue ich mich um. Viel zu sehen gibt es hier nicht. Die Wohnung sieht genauso aus wie die der Baronin. Nur ist sie so gut wie leer. Fast alle Möbel wurden weggeräumt. An den Wänden hängen noch ein paar scheußliche Bilder. Sie sind alle rosa mit ein paar blauen und gelben Klecksen.

»Was soll das denn sein?«, frage ich leise.

Die Baronin betrachtet die Bilder eingehend. »Die sind von Ralf Krasinski«, sagt sie und schüttelt den Kopf. »Frag mich nicht, was diese Kleckse darstellen sollen.«

»Sieht aus wie Vogelschisse«, stelle ich fest. Kein Wunder, dass Frau Ks Neffe nichts mit seiner Kritzelei verdient. Offenbar kann er besser morden als malen.

Die Baronin runzelt die Brauen. »Die roten Punkte auf den Bilder könnten auch Blutflecke sein«, mutmaßt sie nicht ganz ernsthaft und durchmisst die Wohnung mit großen Schritten.

Was will sie hier bloß finden?

»Keine Kreidestriche, keine Sperrlinien, keine Spurensicherung!«, brummt die Baronin und macht ein enttäuschtes Gesicht.

»Wovon reden Sie?«

»Die haben die Umrisse der Leiche nicht mit weißen Strichen nachgezogen«, erklärt die Baronin. »Und wir können ohne Probleme das Schlafzimmer betreten, also den Tatort. An der Tür sind keine gelben, polizeilichen Sperrlinien. Und das Schlimmste: Sie haben keine Fingerabdrücke genommen. Nirgendwo.«

Die Baronin fährt sich verzweifelt durch die Haare.

»Na ja, wahrscheinlich fehlen nur deshalb die Kreidestriche, weil Frau K in ihrem Bett gestorben ist«, gebe ich zu bedenken. »Fingerabdrücke wurden nicht genommen, weil sowieso jeder weiß, wer hier drin war: Ralf Krasinski. Und was die polizeiliche Sperrlinie betrifft: Die Polizei war gar nicht in der Wohnung, schon vergessen? Außer uns denkt nämlich niemand, dass es hier einen Mord gegeben hat.«

Die Baronin starrt mich mürrisch an.

»Spielverderber!«, knurrt sie dann und legt sich aufs Bett.

Total geschockt reiße ich die Augen auf. Wie kann sie sich bloß auf das Bett legen, in dem Frau K vor ein paar Tagen gestorben ist?

»Ist das etwa noch die gleiche Bettwäsche?«, frage ich und verziehe angewidert das Gesicht.

Aber die Baronin überhört einfach meine Frage. Sie dreht und windet sich im Bett und röchelt. Es klingt entsetzlich!

»Was machen Sie denn da?«, frage ich entsetzt. »Das ist ja furchtbarer als jeder Horrorfilm!«

»Ach was! Ich stelle mir nur vor, ich sterbe.«

»Sind Sie wahnsinnig?«

»Nein, Detektivin!«, antwortet sie ungerührt. »Um

einen Fall lösen zu können, muss man sich nicht nur in den Täter hineinversetzen können, sondern auch in das Opfer!«

»Aha!«

Ich werfe nervöse Blicke in Richtung Tür. Was, wenn uns hier jemand erwischt? Landen wir dann im Gefängnis oder im Irrenhaus?

Die Baronin hängt inzwischen mit dem Oberkörper unter dem Bett.

»Suchen Sie was?«, frage ich.

»Allerdings. Stell dir vor, du liegst mitten in der Nacht im Sterben. Und mit deinem letzten Atemzug willst du deinen Mörder entlarven. Wie würdest du das wohl machen?«

»Ganz einfach: Ich drücke die Klingel, die über meinem Bett hängt, und rufe so die Nachtschwester.«

Ich zeige auf die elektronische Klingel, die an einer Schnur über dem Kopfkissen baumelt. Die Baronin beäugt sie misstrauisch.

»Hm, kein übler Vorschlag«, meint sie. »Aber wenn du nicht auf diese Idee kommst, was machst du dann?«

»Keine Ahnung.«

»Du schreibst den Namen deines Mörders mit deinem eigenen Blut an die Wand oder auf den Boden«, erklärt die Baronin düster. Wieder sucht sie unter dem Bett.

»Baronin?«, sage ich vorsichtig.

Sie richtet sich auf.

»Frau K hat doch gar nicht geblutet, oder? Ich will ja nicht schon wieder als Spielverderber dastehen, aber Tatsachen sind nun mal Tatsachen!«

»Aaaaaaaaahhhh!«

Ich fahre so schnell herum, dass ich fast das Gleichgewicht verliere und auf dem Hintern lande.

In der Schlafzimmertür steht Ralf Krasinski. Er glotzt mit vor Schreck geweiteten Augen die Baronin an. Warum haben wir nicht gehört, dass er die Wohnung betreten hat?

Es dauert einen Augenblick, bis er sich wieder gefangen hat. Inzwischen gehe ich im Kopf alle möglichen Ausreden durch.

Wir sind der Putztrupp oder *Wir haben uns in der Wohnung geirrt.* Aber das würde er uns bestimmt nicht abkaufen. Verdammter Mist, wir haben hier überhaupt nichts verloren! Und jetzt sind wir allein mit einem Typen, der vielleicht ein Mörder ist.

»Was suchen Sie hier?«, fährt er uns an.

Einen Beweis dafür, dass Sie Ihre Tante ermordet haben, denke ich. Aber wenn ich das laut ausspreche, bin ich wahrscheinlich der nächste Tote hier in der Wohnung.

»Wo – wo bin ich?«, ertönt auf einmal eine ganz schwache Stimme vom Bett her.

Überrascht drehe ich mich um. Die Baronin schaut mit einem komplett verwirrten Blick zu Herrn K hinüber.

Der antwortet barsch: »Sie sind in der Wohnung meiner Tante, Margret Krasinski.«

»Nein«, sagt die Baronin. »Nein, Sie irren sich, mein Herr. Ich bin Baronin von Stöver.«

Ralf Krasinski kratzt sich am Nacken und sieht argwöhnisch von der Baronin zu mir und wieder zurück.

»Das hat sie öfter«, erkläre ich, ohne dabei allerdings besonders überzeugend zu klingen. Ob die Schauspielerei der Baronin etwas besser bei ihm ankommt?

»Das – das ist das Alter, wissen Sie?«, fahre ich fort. »Meine Oma ist 104. Sehen Sie nicht die tausend Falten in ihrem Gesicht?«

Vom Bett her kommt ein zorniges Grunzen, das ich jedoch nicht beachte.

»Manchmal weiß sie einfach nicht mehr so genau, wer und wo sie ist. Ich wollte sie in ihre Wohnung bringen, aber sie wollte unbedingt hierher.«

»War denn die Tür nicht abgesperrt?«, wundert sich Herr K.

Ich schüttle den Kopf.

»Nicht in meine Wohnung!«, ruft die Baronin mit zittriger Stimme. »Nicht in meine Wohnung. Da lauert der Mörder.«

Ich erstarre. Muss sie gerade jetzt was von Mördern erzählen?

»Ich glaube, der Tod Ihrer Tante hat sie sehr aufgeregt«, sage ich schnell. »Wir waren auf der Beerdigung gestern. Herzliches Beileid übrigens.«

Herr K ist nicht sehr beeindruckt.

»Bring deine Oma jetzt hier raus«, fordert er mich auf.

»Okay.«

Er geht auf ein Bild zu und nimmt es von der Wand. Dabei hebt er beide Arme. Ich erkenne eine größere Ausbuchtung in seiner Jackentasche. O nein – er hat eine Waffe!

Mit hektischen Bewegungen helfe ich der Baronin vom Bett auf.

»Wir müssen jetzt abhauen«, sage ich zu ihr.

»Ins Jenseits?«, fragt sie lallend.

»Kann schon sein«, zische ich leise und deute mit den Augen zu Herrn K rüber.

Der kümmert sich nicht mehr um uns, weil er ein Bild nach dem anderen von der Wand nimmt.

Endlich erhebt sich die Baronin vom Bett. Ich will sie in Richtung Tür schieben, aber sie reißt sich von mir los und steuert zielstrebig auf unseren Verdächtigen A zu. Voller Panik muss ich mit ansehen, wie sie ihn umarmt.

»Mein Sohn! Mein Sohn«, ruft sie immer wieder. »Ich wusste ganz genau, du kehrst eines Tages aus Afrika zurück. Ist denn auch wirklich alles in Ordnung mit dir? Bist du nicht vom Affen gebissen worden?«

Herr K stößt sie unsanft zurück und brüllt: »Jetzt reicht's aber! Raus hier!«

Die Baronin fängt an zu weinen. Sie ist wirklich eine glänzende Schauspielerin! Ich nehme sie am Arm. Gemeinsam schlurfen wir aus dem Schlafzimmer. Nur noch wenige Meter, dann sind wir in Sicherheit. Doch als ich nach der Klinke der Wohnungstür greife, stößt mich die Baronin plötzlich zurück und ruft: »Hilf deinem Papa mit den Bildern! Alleine schafft er das nicht. Denk an sein Kreuz!« Unmerklich zwinkert sie mir zu und verschwindet.

Ist die alte Dame nun vollständig übergeschnappt? Lässt mich hier mit einem Mörder allein, der eine Waffe in der Tasche hat! Nein, mit dieser unmöglichen Person rede ich nie mehr ein Wort! Aber vielleicht rede ich bald sowieso nie mehr mit irgendwem, weil Herr K mich nämlich gleich umlegen wird.

»Du kannst mir wirklich helfen!«, tönt seine Stimme von nebenan.

»Wo-wobei?«

Er kommt aus dem Schlafzimmer und langt in seine Jackentasche. Ich halte die Luft an. Mein Herz klopft mir bis zum Hals – allerdings bestimmt nicht mehr allzu lange. Denn nun ist es sicher so weit: Jetzt knallt er mich ab! In ein paar Stunden hat die gnädige Frau Baronin von Stöver endlich alles, was sie will: Sperrlinien, Kreidestriche und Fingerabdrücke. Und sogar Blut – meines!

Doch was passiert? Herr K holt nur eine Zange hervor und fängt an, die Nägel aus der Wand zu ziehen. Vor Erleichterung lache ich laut auf.

»Was soll dieses dämliche Gekicher?«, fährt mich

Herr K an. »Die Krankheit deiner Oma ist doch wohl nicht ansteckend. Oder bist du ebenfalls plemplem?«

Ja!, würde Murat jetzt sicher ganz laut brüllen.

»Nein. Es ist nur wegen – wegen diesem Bild hier«, schwindle ich. »Das hat mich an etwas Lustiges erinnert.«

»Wirklich? Woran denn?«

»An – äh – an einen Schulausflug.«

»So ein Unsinn!« Mit entrückter Miene vertieft sich Herr K in das Bild, das ich meine. »Damit wollte ich das unendliche Ei darstellen, also das Universum, aus dem alles Leben geschlüpft ist.«

Hä?

»Genau deshalb erinnert mich das Bild auch an unseren Ausflug«, erwidere ich leicht verunsichert. »Dabei haben wir nämlich eine Hühnerfarm besichtigt.«

Der Maler grummelt irgendwas Unverständliches und steckt die Zange wieder ein. Dann drückt er mir zwei Bilder in die Hand, nimmt die restlichen drei und sagt: »Los, gehen wir!«

Auf dem Weg durchs Haus redet keiner von uns ein Wort. Erst draußen, als wir bei seinem Auto ankommen, sage ich grinsend: »Ein schöner Jaguar!«

»Unsinn! Das ist ein Labrador«, erwidert Herr K, während er die Fahrertür öffnet.

Da entdecke ich den kleinen schwarzen Hund, der auf dem Beifahrersitz schläft.

»Auch schön«, sage ich. »Neu?«

»Der Hund?«, fragt er und sieht mich komisch an.

»Das Auto!«

»Ja.«

Schweigend verstaut er die Bilder im Wagen.

Als er damit fertig ist, sage ich: »Sie müssen ein sehr berühmter Künstler sein. Dieser Wagen ist doch bestimmt nicht billig.«

»Geht so«, behauptet er. »Ist noch nicht abbezahlt. Danke fürs Tragen, Kleiner. Tschüs!«

Er steigt ein, wirft die Tür zu und fährt los.

Erleichtert drehe ich mich um und marschiere zurück ins Heim. Unfassbar: Ich bin noch nicht tot! Und das, obwohl ich ganz allein mit einem bewaffneten Mörder in einer Wohnung war. Er hat mich weder erschossen noch vergiftet oder erstochen. Er hat mir nicht mal den Kragen umgedreht. Aber an den geht's der Baronin jetzt gleich. Mich einfach meinem Schicksal zu überlassen! Mit der hab ich noch ein Hühnchen zu rupfen – unendliches Ei hin oder her!

Kapitel 5

»**Ich verstehe dich** nicht, Benedikt!« Meine Mutter greift nach ihrer Kaffeetasse und trinkt einen Schluck. »Kannst du nicht wie andere Jungs sein? Macht es dir keinen Spaß, Mädchen zu ärgern? Oder dich zu prügeln? Aber nein, mein Sohnemann verbringt seine Freizeit lieber im Altersheim!«

»Na und?«

»Und seine beste Freundin ist eine verrückte Siebzigjährige, die zu viele Krimis gelesen hat.«

Ich schnappe mir den Honig und verteile ihn großzügig auf meinen Cornflakes.

»Die Baronin ist nicht verrückt!«, widerspreche ich energisch. »Sie hat nur jede Menge Fantasie.«

»Fantasie?« Mutter zeigt mir einen Vogel. »Das nennt man anders, wenn alte Menschen nicht mehr ganz richtig im Kopf ticken.«

»Die Baronin ist nicht alt«, erkläre ich. »Und sie tickt richtig, kapiert? Meistens jedenfalls«, füge ich hinzu und schiebe mir einen Löffel Cornflakes in den Mund.

Ich hätte nichts dagegen, wenn Mutter das Thema wechseln würde. Aber leider tut sie mir den Gefallen nicht.

»Mit welchem Fall beschäftigt ihr euch denn gerade?«, erkundigt sie sich.

»Mord.«

Ich schiebe mir schnell einen weiteren Löffel Cornflakes zwischen die Zähne.

»Aha.« Auf Mutters Gesicht erscheint ein ironisches Lächeln. »Wer ist denn ermordet worden? Eine Mücke? Falls ja, dann fällt es deiner Baronin bestimmt nicht schwer, aus dieser Mücke einen Elefanten zu machen.«

»Wenn du es genau wissen willst, Mutti: Es geht um Miss K.«

»Also ein Kanarienvogel«, stellt meine Mutter nüchtern fest. »Oder wofür steht das K?«

Ehe ich darauf antworten kann, kommt mein Vater in die Küche.

»Guten Morgen, Leute!«

»Möchtest du ein Mohnbrötchen?«, fragt Mutter. »Oder lieber ein Croissant?«

»Nur einen Kaffee bitte! Ich hab um acht eine Fahrt vom Bahnhof aus.«

»Dann kannst du mich ja zur Schule mitnehmen, Vati!«

Ich liebe es, von meinem Vater herumgefahren zu werden. Dann setze ich mich immer hinten ins Taxi wie ein Fahrgast. Und dann tun wir so, als wäre ich Millionär und mein Papa mein Chauffeur.

»Geht nicht«, erklärt er und setzt sich. »Ich muss den Umweg fahren, sonst komm ich in den Stau.«

»Na toll!«

Leider ist es schon Ewigkeiten her, seit mich mein Vater zuletzt im Taxi mitgenommen hat. Möglich, dass ich damals noch im Kindergarten war.

Er breitet die Morgenpost vor seinem Gesicht aus. Typisch: Für ein Brötchen hat mein Vater keine Zeit, aber ohne Blick in die Zeitung würde er niemals unsere Wohnung verlassen. Ich nehme Zeitungen nur in die Hand, wenn ich was aus ihnen basteln will. Und wenn uns das Klopapier ausgegangen ist.

»Du, stell dir vor: Benedikt und seine Baronin jagen einen Kanarienvogelmörder«, erzählt Mama.

Hinter der Zeitung ist ein Grunzen zu hören.

»Wie kommst du denn auf diesen Quatsch?«, frage ich Mutter. »Frau K ist kein Vogel.«

»Was ist sie denn sonst?«

»Tot«, antworte ich und bin enttäuscht, dass Mutter nicht vor Schreck ihr Knäckebrot fallen lässt oder sich an ihrem letzten Bissen verschluckt. Stattdessen schenkt sie mir nur ein mitleidiges Lächeln und macht: »Hmhm!«

»Sie ist – äh – sie war eine alte Dame«, berichte ich weiter. »Ihr Neffe hat sie vielleicht ermordet, um an ihr Geld zu kommen. Er ist nämlich ein ziemlich erfolgloser Maler.«

»Unglaublich!«, ruft mein Vater empört aus.

»Vielleicht war er's ja auch gar nicht«, beschwichtige ich ihn. »Gestern habe ich nämlich erfahren, dass er sein Auto noch gar nicht abbezahlt hat. Die Baronin und ich glauben, so ein Jaguar kostet –«

»Nur 300 000 Mark!«, ruft mein Vater aus. »300 000!«

»Ja, vermutlich«, antworte ich. »Vielleicht war er aber auch teurer. Schließlich ist es ein Jaguar. Ein entfernter Verwandter der Baronin, irgendein Graf oder Herzog, hat auch einen. Sie hat extra bei ihm angerufen um ihn zu fragen, wie viel er –«

»Was faselst du denn da?«, unterbricht mich mein Vater mit einem verständnislosen Blick und lässt die Zeitung sinken.

Mit leuchtenden Augen wendet er sich dann an meine Mutter. »Hier, hör dir das an: Eine riesige Orangenplantage in Andalusien – für 300 000 Mark! Kannst du dir das vorstellen? Und alles ist schon für biologischen Anbau vorbereitet. Na, wäre das nicht haargenau das Richtige für uns?«

Mutter nickt, allerdings mehr bedächtig als begeistert. »Vielleicht können wir die Summe ja in kleinen Raten abstottern«, meint sie seufzend. »So etwa 120 Jahre lang. Vorausgesetzt, du kannst mit 158 noch Taxi fahren.«

Vater macht ein mürrisches Gesicht und trinkt einen Schluck Kaffee. Ich frage mich mal wieder, ob sich der große Traum meiner Eltern wohl jemals erfüllen wird. Nein, vermutlich nicht. Es ist sogar wahrscheinlicher, dass sich mein Vater eines Tages selbst in eine Orange verwandelt, als dass er eine eigene Plantage besitzt.

Dass er mir eben nicht zuhörte, als ich von Frau K erzählt habe, nehme ich meinem Vater nicht weiter übel. Schließlich muss er sich den ganzen Tag lang die Lebensgeschichten seiner Fahrgäste anhören. Die meisten davon sind stinklangweilig.

»So, ich muss los!«, verkünde ich nach einem Blick auf die Uhr und stehe auf.

»Tschüs, mein Junge!«, rufen Vater und Mutter im Chor.

»Tschüs, Eltern!«

Ich nicke ihnen zu und verschwinde aus der Küche.

»Sei vorsichtig, wenn du über die Straße gehst!«, ermahnt mich meine Mutter wieder mal, als ich schon in meine Turnschuhe gestiegen bin.

»Meine Güte!«, brülle ich durch die ganze Wohnung. »Ich bin keiner deiner Kindergartenidioten, Mutti!«

Eigentlich komme ich mit meiner Mutter prima klar. Doch ab und zu vergisst sie leider eine Kleinigkeit: die letzten sieben Jahre meines Lebens. Dann behandelt sie mich wieder wie die dreijährigen Knirpse in ihrer Kindergartengruppe.

Ein paar Minuten später stehe ich an der Kreuzung, an der ich mich immer mit Murat treffe. Ich muss ihm unbedingt erzählen, was wir gestern herausgefunden haben.

Die Baronin hält Ralf Krasinski noch immer für den Mörder. Sie meint, dass auch die Anzahlung für einen Jaguar verdammt hoch ist. Viel interessanter fand sie allerdings, dass er einen Hund dabeihatte. Soweit sie weiß, hasst dieser Kerl nämlich Hunde. Okay, zugegeben: So sehr mag ich diese Viecher eigentlich auch nicht. Vielleicht sind sie ja ganz nett, aber sie haben drei Hobbys, die mir nicht gefallen: Sabbern, Stinken und Haaren.

Angeblich hat die Baronin schon gerochen, dass Ralf K jetzt einen Hund hat. Als sie ihn umarmt hat, soll er danach gestunken haben, behauptet sie. Dabei habe sie ihn übrigens abtasten wollen.

Sie meint, sie hätte mich nur mit ihm allein gelassen, weil sie wusste, dass er unbewaffnet war. Jedenfalls sei ihr beim Abtasten keine Waffe aufgefallen. Und was war mit der Zange? Auch damit kann man jemandem das Licht abdrehen.

Ich sehe auf meine Uhr. Jetzt ist Murat schon seit zehn Minuten überfällig. Zum Glück regnet es heute zur Abwechslung mal nicht. Der Himmel ist zwar bedeckt, aber bis jetzt ist noch kein einziger Tropfen gefallen.

Allmählich muss ich los, sonst komme ich entweder zu spät zur Schule oder ersticke hier an der Kreuzung. Mein Vater hatte Recht: Die Autos stehen hier Schnauze an Heck. Das Einzige, was sich bewegt, sind die Hände der Fahrer, wenn sie auf die Hupen drücken.

»Wartest du auf Murat?«

Ich zucke zusammen. Niemand anders als Bianca ist soeben neben mir aufgetaucht. Hilfe, mein Herz! Von einer Sekunde zur anderen verwandelt es sich in einen Ferrari und rast drauflos. Ich würde es gerne aufhalten, aber ich weiß nicht, wo die Bremse ist.

»Nein, ich warte nicht mehr auf Murat«, antworte ich, und das mit erstaunlich fester Stimme. »Ich hab lange genug wegen ihm hier rumgestanden. Ich wollte gerade losgehen.«

Wahnsinn: Ich habe drei Sätze hintereinander ohne das geringste Stottern rausgebracht!

»Gehen wir zusammen?«, schlägt Bianca vor. »Lydia ist heute krank. Eine schwere Grippe!«

Wie bitte? Lydia hat gestern ein einziges Mal leicht gehustet! Ihre Grippe kann höchstens so schwer sein wie eine Feder.

Auf einmal bin ich Murat richtig dankbar, dass er sich verspätet hat. Und ich bin heilfroh, dass Lydia so gern krank feiert. Super: Ich gehe mit Bianca – na ja, wenigstens zur Schule!

Eine Weile trotten wir schweigend nebeneinander her. Alle paar Meter werfe ich Bianca einen verstohlenen Seitenblick zu. Sie trägt einen schwarzen Anorak und hellblaue Jeans.

Schließlich nehme ich meinen ganzen Mut zusammen und frage: »Hast du schon was von deinem Hund gehört?«

Prompt verdüstert sich Biancas Gesicht. »Von Flipper? Nein, gar nichts.« Sie fährt sich durch die Haare. »Ich glaube nicht, dass ich ihn wiederfinde.«

»Wo ist er denn verschwunden?«

»Im *Planten un Blomen.*«

»Dachte ich mir schon«, sage ich mehr zu mir selbst als zu Bianca.

»Wieso?«, fragt sie überrascht.

»Ach, nur so«, wiegle ich schnell ab. »Hast du dort vielleicht jemanden gesehen, der dir verdächtig vorkam?«

»Was meinst du mit verdächtig?«

»Na ja, zum Beispiel einen Typen mit Glatze und Schnauzbart, dem zwei Vorderzähne fehlen«, sage ich.

Bianca überlegt und starrt mich misstrauisch an.

»Der hat mich nach der Uhrzeit gefragt«, sagt sie.

Volltreffer!

»Wie kommst du bloß darauf?«, bohrt sie nach.

»Ich hab mich ein bisschen im Internet umgesehen«, gebe ich zu. »In letzter Zeit sind im *Planten un Blomen* mehrere Hunde verschwunden. Und ein paar Mal war dieser Typ in der Nähe.«

»Hm.«

Beim Gehen starrt Bianca auf ihre Schuhspitzen und grübelt vor sich hin. Dabei zupft sie nervös an den Trägern ihrer Schultasche herum.

Plötzlich dreht sie mir den Kopf zu und schaut mir direkt in die Augen. »Hast du – hast du meinetwegen im Internet danach gesucht?«, fragt sie verlegen.

»N-n-nein«, würge ich knallrot hervor. »Nur wegen dem Hund. Ich m-m-mag Hunde.«

Bianca lächelt.

»Ich habe mich auch im Internet umgesehen«, gesteht sie. »Aber ich habe nichts Brauchbares gefunden. Allerdings gibt es eine Seite, auf der junge Hunde angeboten werden.«

»Willst du dir denn einen neuen anschaffen?«, erkundige ich mich.

Sie schüttelt den Kopf.

»Eigentlich nicht. Aber da war einer, der genau so aussah wie mein kleiner Flipper.«

»Und den willst du haben?«, frage ich.

»Blödsinn! Das ist so 'n richtiger Rassehund mit Stammbaum und allem Drum und Dran. So ein Von und Zu, verstehst du? Den kann ich mir nicht leisten.«

»Warum heißt dein Hund übrigens Flipper?«

»Weil ich eigentlich einen Delfin haben wollte.«

Ich fange an zu lachen.

In diesem Moment brüllt eine wohl bekannte Stimme hinter uns: »Hey, du treulose Tomate!«

Wir bleiben stehen und drehen uns um. Keuchend kommt Murat angelaufen.

»Na super!«, meckert er drauflos. »Da läuft dir zufällig irgendein Mädel über den Weg und schon ist dein bester Freund vergessen!« Er knufft mich in die Seite. »Weißt du, warum ich zu spät gekommen bin? Weil ich mir eben noch eine Standpauke von meinem Vater anhören durfte. Gestern auf dem Elternsprechtag haben die Lehrer jede Menge Mist über mich erzählt. Über euch sicher auch, oder?«

Bianca und ich sehen uns an und schütteln beide den Kopf.

»Dann eben nicht, ihr Streber!«, meint er. »Über mich gab's jedenfalls nur Beschwerden. Angeblich mache ich nie richtig im Unterricht mit, übe zu Hause nicht, schreibe die Hausaufgaben ab und lauter so 'n Zeug. Los, gehen wir weiter!«

Wir setzen den Weg zu dritt fort, mit Murat in der Mitte. Mist, warum ist er nicht auch krank?

»Hat einer von euch Mathe?«, fragt er. »Ich hab das mit den Brüchen überhaupt nicht kapiert.«

»Erklär ich dir in der Pause«, brumme ich mit geballten Fäusten.

Ich bin so sauer, dass ich Murat am liebsten auch einen Bruch verpassen würde – den seiner Nase! Weiß er denn nicht, was das Wichtigste an einem besten Freund ist? Nicht da zu sein, wenn man ihn nicht braucht!

Kapitel 6

Seltsam, dass mir Murat bei meiner Detektivarbeit helfen möchte. Früher hat er nur dumme Witze darüber gemacht. Oder ist das etwa seine Entschuldigung dafür, dass er heute Morgen auf dem Schulweg doch noch aufgekreuzt ist und Bianca und mich gestört hat? Ich war deswegen den ganzen Vormittag sauer auf ihn. Keine einzige Silbe hab ich mit ihm geredet! Das fiel mir allerdings nicht besonders schwer, weil ich ja auch sonst fast nie zu Wort komme, wenn Murat in der Nähe ist.

Ungeduldig gehe ich vor dem Eingang auf und ab. Klar, mein bester Freund verspätet sich mal wieder! Von der Erfindung der Uhr scheint Murat noch nichts mitgekriegt zu haben.

Ich schaue zum Himmel. Unglaublich: Weit und breit ist keine einzige Wolke zu sehen! So blau war es schon ewig nicht mehr über Hamburg. Hier muss man sich schon freuen, wenn es mal nicht regnet.

»Entschuldigung«, spricht mich ein älterer Herr mit bayrischem Dialekt an. Er trägt eine gelbe Baseballmütze und deutet auf den Parkeingang. »Ist das hier – äh –« In der linken Hand hält er einen zerknitterten Stadtplan, auf den er einen kurzen Blick wirft. »Ist das hier *Planten un Blomen*?«

Ich nicke.

»Der Südeingang«, antworte ich und trete automatisch einen Schritt zurück. Der Hund des Mannes ist zwar noch recht klein, sieht aber trotzdem gefährlich aus. Man kann nie wissen ... Schließlich tragen Killerbestien kein T-Shirt mit der Aufschrift *Vorsicht: Ich bin ein Kampfhund!*

»Danke für die Auskunft!«, sagt der Mann höflich und verbeugt sich leicht. »Auf Wiedersehen!«

Er verschwindet im Park. Sein kleiner Hund trottet an der Leine hinter ihm her.

Ich bin schon sehr gespannt, mit welchem Vierbeiner Murat gleich hier antanzen wird. Angeblich hat einer seiner tausend Cousins einen niedlichen, jungen Kläffer, der sich für unsere Zwecke bestens eignet. Und den will er sich für heute ausleihen.

Am Ende der Straße sehe ich jemanden mit einem riesigen, schwarzen Hund näher kommen. Die Gestalt wird von dem Tier vorwärts geschleift und hängt hilflos an der Leine. Meine Güte, wer schafft sich denn so ein Monster an?

Der Typ mit dem Monster steuert direkt auf mich zu. Jetzt erkenne ich auch, wer das ist: Murat! Wo hat der Spinner denn dieses Pony her?

»Hilf mir, Benedikt!«, ächzt er. »Ich kann nicht mehr!«

Mit mächtigem Muffensausen lasse ich das Unvermeidliche über mich ergehen: Das Riesenvieh springt an mir hoch und beschnüffelt mich hektisch. Dabei bellt es mir die Ohren voll.

»Wo hast du den denn her?«, schreie ich, damit Murat mich versteht. »Aus dem Zoo?«

Mit letzten Kräften zieht er den Hund von mir weg. Sofort überprüfe ich, ob noch alles an mir dran ist. Kann ja sein, dass das Riesenvieh bei der stürmischen Begrüßung zufällig eine Hand von mir verputzt hat.

»Na, ist das nicht ein prächtiger Dobermann?« Ein stolzes Lächeln erscheint auf Murats Gesicht.

»Hast du nicht gesagt, er wäre unheimlich niedlich? Also ich finde ihn eher unheimlich.«

»Aber niedlich war er auch mal«, versichert mir Murat, während er sich mit einem Ärmel den Schweiß von der Stirn wischt. »Allerdings ist er ganz schön gewachsen, seit ich ihn zuletzt gesehen habe.«

»Ich mag Hunde nicht«, gestehe ich. »Und je größer sie sind, desto weniger mag ich sie.«

Murat winkt ab. »Ach, der ist völlig harmlos. Wenn wir nachher müde sind, kann er uns wenigstens nach Hause tragen.«

»Und zwar in seinem Magen!«, füge ich hinzu.

Da legt das Vieh auch schon los und stürmt in den Park.

»Nicht so schnell!«, schreit der arme Murat.

Er muss sich an einem Baum festhalten, um nicht weiter mitgeschleift zu werden. Mit großen Schritten eile ich ihm hinterher.

»Wirst du jetzt wohl gehorchen, Satan?«

»Satan?«, wiederhole ich, während meine Augenbrauen in die Höhe wandern.

Murat grinst verlegen und zuckt die Schultern.

»Okay, sein Name klingt wirklich Schrecken erregend, doch eigentlich ist er sehr gehorsam. Aber natürlich auch ziemlich verspielt. Man darf sich nur nicht über ihn aufregen, dann kann man sehr gut –

verdammte Bestie!«, schreit Murat auf einmal voller Wut. »Bei Fuß, du blödes Vieh! Willst du mir etwa die Arme ausreißen?«

Satan hat Murat schon wieder weitergeschleift. Ich muss laufen, um mit den beiden Schritt halten zu können. Bei dem Tempo werden wir unseren Verdächtigen sicher nicht finden.

Mein Freund brüllt sich die Seele aus dem Leib, doch Satan lässt sich dadurch kein bisschen bremsen. Da stemmt Murat plötzlich beide Beine fest in den Boden und wickelt blitzschnell Satans Leine um eine Parkbank. Nachdem er tief durchgeatmet hat, lässt er sich auf die Bank plumpsen. Ich setze mich neben ihn. Satan zieht noch ein Weilchen an der Leine, bis er einsieht, dass er die Bank nicht aus dem Boden reißen kann. Erschöpft lässt er sich vor unseren Füßen nieder.

»Hast du den Sender mit?«, fragt Murat.

»Hä? Was denn für einen Sender?«

»Ich dachte, das wäre der Plan«, meint Murat erstaunt und verscheucht eine Fliege von seinem rechten Knie. »Wir binden dem Hund einen Sender um und lassen ihn klauen. Dann folgen wir dem Signal und wissen, wo der Räuber ist.«

»Und wo bitte soll ich einen Sender herkriegen? Du hast zu viele James-Bond-Filme gesehen!«

Murat ist enttäuscht. »Was ist denn dann dein Plan, du Meisterdetektiv?«

»Wir suchen den Mann ohne Zähne und Haare, den uns das Mädchen am Telefon beschrieben hat«, erkläre ich.

»Und wenn er heute nicht hier ist?«

»Dann haben wir Pech gehabt.«

Ich werfe einen Blick auf Satan, der an seiner Leine zerrt.

»Den wird uns auf keinen Fall jemand klauen wollen«, stelle ich nüchtern fest.

Dann fällt mir der Mann mit der gelben Baseballkappe und dem kleinen Hund wieder ein.

»Ich habe aber vorhin jemanden gesehen, der einen Hund in der richtigen Größe hat«, sage ich. »Vielleicht sollten wir uns den beiden an die Fersen heften. Was hältst du davon?«

»Ich muss erst mal ein Wörtchen mit Satan reden.« Murat wendet sich an den Dobermann. »Jetzt hör mir mal gut zu, mein Freund: Wenn du weiter so an der Leine ziehst, kannst du zum Abendessen an deinen Pfoten rumknabbern, kapiert?«

»Glaubst du, er hat dich verstanden?«

»Na klar! Er ist doch nicht schwerhörig. Pass mal auf!«

Vorsichtig wickelt Murat die Leine los. Und siehe da: Satan hat sich tatsächlich in ein frommes Lamm verwandelt. Brav trottet er neben uns die Wege entlang.

Kurz darauf erspähen wir den Mann mit der Mütze. Sein Hund macht gerade Bekanntschaft mit einem Pekinesen.

»Weit und breit kein Räuber in Sicht«, sagt Murat, nachdem wir uns umgeschaut haben.

Der Mann schlendert weiter. Unauffällig folgen wir ihm – soweit man mit einem pferdegroßen Hund unauffällig sein kann.

In der nächsten halben Stunde passiert nichts Aufregendes. Murat, Satan und ich langweilen uns um die Wette. Kreuz und quer werden wir von dem Mann mit der gelben Mütze durch den Park geführt. Wenn das noch bis heute Abend so weitergeht, kennen wir hier bald jeden Strauch und jeden Vogel.

Schließlich wird es meinem Freund zu blöd.

»Jetzt reicht's aber!«, brummt er müde. »Dein Hundeentführer ist nicht da.«

»Sondern hier!«, sage ich.

»Hä?«

Ich zeige auf eine mächtige Eiche in etwa zwanzig Metern Entfernung. Am Baumstamm lehnt ein Typ mit Glatze, den ich vor drei Sekunden entdeckt habe. Die Haare, die ihm auf dem Kopf fehlen, hat er im Gesicht: einen riesigen, schwarzen Schnauzbart.

»Worauf wartest du?«, zischt Murat aufgeregt. »Ruf die Polizei!«

Ich schüttle den Kopf.

»Was soll ich denen denn sagen?«, entgegne ich. »Dass er aussieht wie ein Verbrecher? Außerdem wissen wir ja gar nicht hundertprozentig, ob das überhaupt der Richtige ist. Vielleicht hat er Vorderzähne.«

»Wie sollen wir das rausfinden?«, fragte Murat.

»Ganz einfach: Wir bringen ihn zum Lachen!«

Murat ist sofort Feuer und Flamme. »Das übernehme ich!«, verkündet er entschlossen.

Nachdem er mir Satans Leine in die Hand gedrückt hat, marschiert er ohne zu zögern auf den Glatzkopf zu und quatscht auf ihn ein. Vermutlich bombardiert er ihn mit seinen Lieblingswitzen. Mich würde er damit nur zum Gähnen bringen, so oft hat er sie mir schon erzählt.

Neugierig nähere ich mich den beiden, um Murat besser verstehen zu können.

»Na, dann rutsch mal ein Stück!, sagt die Nonne«, erzählt Murat gerade und fängt dann an zu wiehern.

Der Glatzkopf verzieht keine Miene. Genervt schaut er zum Himmel hinauf, wo zwei kleine Wölkchen Nachlaufen spielen.

Doch so leicht gibt sich Murat nicht geschlagen. Er legt mit dem nächsten Witz los.

»Kennen Sie den mit der alten Frau und dem Kater? Also: Eine alte Frau sitzt in ihrem Wohnzimmer und poliert eine Lampe. Da reißt ihr kleiner Enkel die Tür auf und –«

»Lass mich in Ruhe, du Dummschwätzer!«, knurrt der Mann.

»Wie bitte?«

»Du sollst abhauen! Wenn ich einen Komiker sehen will, mache ich den Fernseher an.«

Murat wirft mir einen verzweifelten Blick zu. Dann dreht er sich um und stiefelt enttäuscht in meine Richtung. Im nächsten Moment stolpert er plötzlich über einen Ast. Er rutscht aus und landet höchst unsanft auf dem Hintern.

Der Mann mit dem Bart bricht in dröhnendes

Gelächter aus. Mit finsterer Miene erhebt sich mein Freund und kommt zu mir.

»Der Kerl hat keinen Sinn für Humor!«, schimpft Murat.

»Aber dafür umso mehr Zähne. Schade, das war der Falsche!«

»Na super! Und dafür hätte ich mir fast den Hintern gebrochen! Hoffentlich hat mich der Mann da hinten nicht fotografiert.«

»Welcher Mann?«

Ich schaue in die Richtung, in die Murat starrt – und erstarre selbst!

Auf einer Bank mitten in der Wiese sitzt niemand anderer als Ralf Krasinski! Er hat einen Fotoapparat in der Hand und knipst damit gerade einen Zwergpinscher. Was soll das?

In Windeseile erkläre ich Murat, wer das ist.

»Warum macht er denn hier Fotos?«, wundert er sich.

»Vielleicht will er einen Hund malen und braucht dafür 'ne Vorlage.«

»Sollen wir ihn verfolgen?«

Ich überlege kurz. »Nein«, entscheide ich und drücke Murat wieder die Leine in die Hand. »Das ist ein anderer Fall. Die Baronin wird böse sein, wenn ich etwas ohne sie unternehme.«

»Na schön, dann hauen wir jetzt ab!«, sagt Murat. »Ich muss Satan zurückbringen.«

Er beugt sich zu dem Dobermann hinunter. »Hast du gehört? Du musst jetzt nach Hauuuuuuuuuuu–«

Das Ende des Wortes höre ich nicht mehr, weil Satan meinen Freund schon zwanzig Meter weiter geschleift hat. Anscheinend hat er keine Lust auf den Heimweg. Hoffentlich können wir ihn noch dazu überreden. Wenn nicht, dann verbringen Murat und ich den Rest unseres Lebens hier im Park ...

Kapitel 7

Am Tag darauf treffe ich mich wieder mit der Baronin. Allerdings nicht im Altersheim. Wir haben vor, Herrn Ks Haus zu beobachten. Als ich ihr vorhin am Telefon berichtete, wobei ich ihn gestern im Park beobachtet habe, wurde sie sehr nachdenklich.

»Warum fotografiert er fremde Hunde?«, meinte sie. »Er hat doch selbst einen. Du hast doch diesen kleinen Kläffer in Herrn Ks Jaguar gesehen, oder?«

Stimmt, das hatte ich völlig vergessen. Wahrscheinlich deshalb, weil der Mordfall überhaupt nichts mit dem Hundefall zu tun hat.

Meine Güte, diese Viecher gehen mir inzwischen ganz schön auf die Nerven! Warum klauen die Leute keine Meerschweinchen? Oder Goldfische? Die sind viel handlicher und kein bisschen nervig.

Satan hat Murat und mich gestern beinahe in den Wahnsinn getrieben. Fast drei Stunden lang wurden wir von diesem Kraftpaket kreuz und quer durch den Park gezerrt. Murat und ich wechselten uns mit der Leine ab. Ein Wunder, dass uns dieses Monster nicht die Arme ausgerissen hat! So einen Muskelkater wie heute hatte ich nicht mal nach dem letzten Sportfest.

Ich sitze in der S-Bahn und denke an Bianca. Ob sie die Hoffnung schon aufgegeben hat, ihren Flipper jemals wiederzusehen? Heute Vormittag in den großen Pausen schlurfte sie total geknickt über den Schulhof. Wenn ich nicht so verdammt schüchtern wäre, hätte ich versucht, sie ein wenig aufzumuntern. Womit? Keine Ahnung. Wahrscheinlich hätte ich sowieso kein Wort rausgekriegt. Oder ihr irgendetwas vorgestottert. Ob sie das komisch gefunden hätte?

Herr K wohnt ziemlich weit draußen. Seit einer halben Stunde sitze ich nun schon in der Bahn. In diese Gegend habe ich mich noch nie verirrt. Gehört das überhaupt noch zu Hamburg? Hier gibt es erstaunlich viel Grün und überraschend wenig Häuser. In unserem Stadtviertel ist es genau umgekehrt.

Die Baronin wartet an der S-Bahnhaltestelle auf mich. Sie trägt eine komische schwarze Kappe, die ihr überhaupt nicht steht. Darunter quellen seltsamerweise lange, rote Haare hervor.

»Ich hab alles Nötige mitgebracht«, erklärt sie lächelnd, nachdem wir uns die Hände geschüttelt haben. »Los, gehen wir! Heute überführen wir den Killer!«

O Mann, klingt das gefährlich! Da würde ich ja lieber 'ne Runde mit Satan schmusen.

Ein paar Meter weiter nimmt die Baronin ihren Rucksack ab und schnürt ihn auf. Mit geheimnisvoller Miene kramt sie darin herum. Eine Brille kommt zum Vorschein.

»Was wollen Sie denn damit?«, wundere ich mich. »Sind Ihre Augen über Nacht schlechter geworden? Sie brauchen doch gar keine Brille!«

»Heute schon«, erwidert sie und setzt sich das rote Ungetüm auf die Nase.

»Tarnung«, erklärt sie augenzwinkernd.

Dann holt sie wieder irgendwas aus dem Rucksack, das ich nicht genau erkennen kann. Ihre Hände nähern sich meinem Gesicht. Prompt weiche ich zurück.

»Darf ich mal fragen, was Sie da in den Fingern haben?«, erkundige ich mich misstrauisch.

»Einen Bart.«

»Hey, ich bin erst zehn!«, rufe ich aus. »Ich habe noch gar keinen Bartwuchs! Und ich hoffe, ich werde noch einige Jahre damit verschont.«

»Wieso? Ein kleines Bärtchen kann richtig toll aussehen. Hier, schau mal!« Sie klebt sich den schwarzen Schnauzer unter die Nase. »Na, wie gefalle ich dir?«

»O Mann!«

»Nix Mann!«, widerspricht die Baronin kichernd. »Das ist ein Damenbart.«

Ich verdrehe die Augen. »Sie sehen ja aus, als wollten Sie auf einen Maskenball! Ist das nicht viel zu auffällig?«

Die Baronin schüttelt den Kopf. »Auf keinen Fall! Wir sind nämlich so gut wie unsichtbar!«

Sie holt eine riesige Zeitung aus dem Rucksack. Das heißt, eigentlich sind es nur die Ränder einer Zeitung. In der Mitte prangt ein riesiges Loch, durch das sogar ein Elefantenschädel durchpassen würde.

»Und damit uns nichts entgeht, hab ich noch was mitgebracht«, verkündet sie und greift wieder in ihren Rucksack. »Hier!«

Sie drückt mir ein großes Fernglas in die Hand. Ich stoße einen tiefen Seufzer aus. Warum beschleicht mich das sichere Gefühl, dass die ganze Aktion schief gehen wird?

Fünf Minuten später haben wir uns im Gebüsch auf die Lauer gelegt. Leider ist es nicht dicht genug, um uns vor neugierigen Blicken verbergen zu können. Auf der anderen Straßenseite befindet sich das Haus unseres Verdächtigen A. Es ist das mit Abstand schäbigste Gebäude im ganzen Stadtviertel.

Zwei ältere Männer kommen vorbei und schauen reichlich verdattert in unsere Richtung. Was die beiden wohl von uns denken? Da hockt eine Siebzigjährige mit langen roten Haaren und Schnurrbart, die durch ein Loch in der Zeitung ein Fernglas gesteckt hat. Daneben kniet ein etwa zehnjähriger Junge, der krampfhaft versucht, nicht allzu dämlich aus der Wäsche zu gucken.

»Füttern verboten!«, ruft die Baronin den Männern zu, die daraufhin sofort ihre Schritte beschleunigen.

Kaum sind sie verschwunden, beginnt das Handy der Baronin zu klingeln. Genervt schnauzt sie ihren Namen hinein.

»Wie bitte?« Ungeduldig lauscht sie einer tiefen

Stimme, die ich nur undeutlich verstehen kann. »Ich soll mit Ihnen ausgehen? Heute Abend? Nein danke, ich hab was Wichtigeres vor: Lesen. Auf Wiederhören!«

Sie steckt das Handy wieder ein.

»Wer war das denn?«, frage ich.

Ich traue meinen Augen kaum: Die Baronin wird fast so rot wie ihr Brillengestell.

»Dieser komische Herr Hoffmann«, antwortet sie und zupft dabei nervös an ihrem Schnauzer herum. »Nachdem er bei Frau Krasinski abgeblitzt ist, macht er sich jetzt an mich ran. Alter Lustmolch!«

Damit hat sie gar nicht so Unrecht. Herr Hoffmann ähnelt tatsächlich einem Molch, vor allem seine Augen.

Plötzlich boxt mich die Baronin so fest in die Seite, dass ich aufschreie.

»Pssst!«, zischt sie. »Da ist er!«

Ralf Krasinskis schwarzer Jaguar hält vor dem Haus gegenüber. Ich schiebe ein paar Zweige zur Seite, um besser sehen zu können. Frau Ks Neffe steigt aus und geht um den Wagen herum zum Kofferraum. Er öffnet ihn und holt einen riesigen, schwarzen Sack heraus.

»Um Gottes willen!«, murmelt die Baronin fassungslos. »Eine Leiche!«

»Ein Sack«, berichtige ich sie. »Da könnte alles Mögliche drin sein.«

»Zum Beispiel noch eine tote Tante.«

»Oder vielleicht nur seine Wäsche.«

»Red keinen Unsinn!«, ereifert sich die Baronin. »Da ist eine Leiche drin, basta! Wenn wir diesem Mörder nicht schleunigst das Handwerk legen, werden noch mehr Opfer in solchen Säcken enden.«

Mit großer Anstrengung wirft sich Herr K den Sack über die Schulter, geht zur Haustür und schließt sie auf.

»Den sollte er schnellstens vergraben, der Junge!«, flüstert die Baronin. »Leichen stinken fürchterlich. Sogar noch schlimmer als das grauenhafte Rasierwasser von Herrn Hoffmann«, fügt sie mit angewiderter Miene hinzu. »Weißt du, wie eine Leiche riecht?«

»Nein. Und das will ich auch gar nicht wissen! Mir ist schon schlecht genug«, gestehe ich, worauf mich die Baronin kurz mustert und dann feststellt: »Du siehst selbst aus wie eine Leiche, so blass bist du.«

Kein Wunder!

Kann denn allen Ernstes eine Leiche in dem Sack

gewesen sein? Ist Herr K wirklich ein Mörder? Irgendwie erscheint mir das alles undenkbar!

»Hören Sie, Baronin, vermutlich sind wir auf einer ganz falschen Spur und –«

»Das werden wir ja sehen!«, würgt sie meinen Einwand ab und klettert aus dem Gebüsch. »Für Gerede ist jetzt keine Zeit, Benedikt! Jetzt wird gehandelt!«

»Wo wollen Sie denn hin?«, rufe ich ihr mit zitternder Stimme hinterher. »Bleiben Sie hier! Er kommt doch bestimmt gleich wieder aus dem Haus.«

»Genau darum müssen wir uns beeilen!«, ruft sie zurück und überquert die Straße. »Nun komm schon!«

Während ich sie in Gedanken verfluche, folge ich ihr zum Wagen. Sie hat sich schon vor den Kofferraum gekniet und öffnet gerade ihr Feilenetui. Zwei Sekunden später hat sie das Schloss geknackt.

Mit panischen Blicken behalte ich in der Zwischenzeit das Haus im Auge. Als die Baronin den Kofferraum öffnet, rutscht mir das Herz in die Hose. Dort unten pocht es rasend schnell weiter.

»Ein kleiner, grüner Koffer!« Die Baronin beugt sich so weit vor, dass sie fast im Auto verschwindet. »Da ist bestimmt das Gift drin, mit dem er seine Tante ermordet hat!«

»Glauben Sie?«

»Mist, mein Handy!«, ärgert sie sich plötzlich. »Das blöde Ding ist mir aus der Tasche gefallen. Siehst du es, Benedikt? Mit dieser verdammten Brille kann ich kaum was erkennen.«

Ich spähe in den Kofferraum. Das Handy ist so weit nach hinten gerutscht, dass ich fast in den Kofferraum klettern muss, um es zu erreichen. Im nächsten Augenblick flüstert die Baronin aufgeregt: »O nein – er kommt!«

Dann spüre ich nur noch, wie meine Beine hochgehoben werden und ich in den Kofferraum gleite. Ehe ich begreife, was da mit mir geschieht, hat die Baronin den Kofferraumdeckel zugeschlagen.

Ach du Schande!

Vor Entsetzen mache ich mir fast in die Hose. Ist das finster hier drin! Und so stickig! Genau so habe ich mir immer das Innere eines Sarges vorgestellt.

O mein Gott, ich bin lebendig begraben! Und bald werde ich wohl auch tot begraben sein. Wenn mich Herr K in seinem Kofferraum entdeckt, bin ich erledigt. Er braucht mich nicht mal zu erschießen – ich tue ihm den Gefallen und sterbe schon vorher vor Angst!

Kapitel 8

Der Motor wird angelassen und der Wagen rollt rückwärts die Auffahrt hinunter.

Tja, das ist wohl meine letzte Fahrt. Lebt wohl, Mama und Papa! Lebt wohl, Murat, Baronin, Bianca ...

Ob Bianca auf meiner Beerdigung ein paar Tränen um mich vergießen wird? Und was wird wohl auf meinem Grabstein stehen? *Hier liegt ein tapferer Detektiv. Er starb in Ausübung seiner Pflicht.* Nein, wohl eher: *Hier liegt ein zehnjähriger Trottel, der sich in einen Kofferraum schubsen ließ.*

Das Auto fährt jetzt vorwärts und dann nach rechts. Ich rolle im Kofferraum herum und stoße mir dabei den Kopf. Verkehrslärm ist zu hören: Hupen, dröhnende Lkws, knatternde Mopeds. Die Fahrt muss allem Anschein nach mitten durch Hamburg gehen.

Wieder biegen wir nach rechts ab, dann sofort nach links. Natürlich habe ich keinen Schimmer, wohin die Fahrt geht. Ich weiß nur, wo sie für mich enden wird: auf dem Friedhof.

Fieberhaft überlege ich, wie ich mich retten könnte. So fest ich auch mit Händen und Füßen gegen den Kofferraumdeckel stoße – von innen kriege ich ihn nicht auf. Und allzu laut darf ich auch nicht sein, sonst hört Herr K, dass da jemand in seinem Auto ist, den er nicht eingeladen hat.

Mir fällt der grüne Koffer ein, den die Baronin eben näher unter die Lupe nehmen wollte. Wer weiß, vielleicht finde ich darin irgendein Werkzeug, mit dessen Hilfe ich mich befreien könnte.

Ich taste im Dunkeln herum. Nach wenigen Sekunden berühren meine Fingerspitzen weiches Leder. Ich krümme mich in eine Ecke des Kofferraums und mache mir an den Schnappverschlüssen zu schaffen. Ohne Probleme gelingt es mir, den Koffer zu öffnen.

Meine Hände ertasten mehrere Gürtel darin. Die müssen für kleine Kinder sein, so eng sind sie. Fühlt sich an wie Leder mit Metallverschlüssen. Auf jeden Fall nichts, was mich retten könnte.

Wir halten kurz, dann fahren wir über irgendwas Holpriges. Meine Zähne schlagen klappernd aufeinander. Aber das haben sie vorher eigentlich auch schon getan, allerdings nicht ganz so heftig. Hoffentlich hört das bald auf. Mit kaputten Zähnen hätte ich keine Chance, als Skelett im Biologieraum aufgestellt zu werden.

Zum Glück ist es heute bewölkt und nebelig. Wenn es so warm wäre wie gestern, wäre es hier drin so gemütlich wie in einem Mikrowellenherd.

Wieder bleiben wir stehen. Der Motor wird abgewürgt. Sieht ganz so aus, als wären wir am Ziel unserer Fahrt angekommen. Ich höre, wie eine Tür geöffnet wird. Kurz darauf fällt sie wieder zu. Ob Herr K ausgestiegen ist?

Nein, ich höre ihn reden. Seine Stimme klingt zwar dumpf, aber ich verstehe trotzdem jedes Wort.

»So schnell geht das nicht«, sagt er, worauf ein anderer Mann erwidert: »Das ist kein Kinderspiel, Ralf! Die Sache muss schneller über die Bühne gehen. Wenn wir auffliegen, landen wir beide im Knast.«

»Ach nee!«, sagt Herr K. »Aber hexen kann ich trotzdem nicht. Denk dran: Ich bin Künstler. Das braucht alles seine Zeit.«

Wie bitte? Hält er Mord etwa für eine Kunst?

»Quatsch doch keinen Käse!«, sagt der andere Mann. »Du sollst uns nichts für irgendein Museum liefern. Alles, was wir von dir erwarten, sind gefälschte Dokumente, klar?«

Dokumente? Er meint sicher Testamente!

»Ich muss mich doch auch um sie kümmern«, erklärt Herr K. »Hast du überhaupt 'ne Ahnung, wie nervend das ist? Wenn die nicht pünktlich ihre Mahlzeiten kriegen, machen sie einen höllischen Krach!«

»Na und? Die sind im Keller eingesperrt. Lass sie doch lärmen, so viel sie wollen! Das hört ohnehin kein Schwein, oder?«

Wie grausam: Die beiden Verbrecher halten ein paar hilflose alte Tanten gefangen! Die schreien sich jetzt gerade im Keller von Herrn Ks Haus die Seele aus dem Leib. Ob ich ihnen wohl bald dabei Gesellschaft leisten werde?

»Hast du die Fotos mitgebracht?«, fragt der Fremde.

»Hier!«

Aha, verstehe: Herr K hat gestern im Park also gar keine Hunde fotografiert, sondern alte Damen!

»Komm, gehen wir 'ne Pizza essen!«, schlägt der

andere Mann vor. »Ich habe einen Mordshunger! Du auch?«

»Ja. Und höllischen Durst! Kennst du denn einen guten Italiener hier in der Nähe?«

»*La Fontana*. Ist gleich um die Ecke.«

Die beiden steigen aus dem Wagen und werfen die Türen zu.

Mit Schaudern denke ich an die armen alten Damen. Niemand wird sie retten können, weil nur ich von ihrem Schicksal weiß. Und nachdem Herr K und sein Komplize ihre Pizzen gefuttert haben, werde ich wohl leider bald ins Gras beißen müssen. Im Geiste höre ich schon die Totenglocken läuten. Komisch: Sie klingen genau wie ein Handy.

Moment mal – das *ist* ein Handy! Wie konnte ich nur das Telefon der Baronin vergessen?!

Ich taste den ganzen Kofferraum ab, bis ich das verdammte Ding zwischen meinen Füßen leuchten sehe. Ohne zu zögern drücke ich auf irgendeinen Knopf. Blöderweise war es der falsche: Eine Stimme leiert die Uhrzeit herunter. Als ob die mich noch interessieren würde! Wenn Herr K gleich den Kofferraum öffnet, hat sowieso mein letztes Stündlein geschlagen.

Total geknickt lasse ich das Handy der Baronin fallen. In diesem Moment beginnt es wieder zu klingeln. Diesmal drücke ich den richtigen Knopf.

»Hilfe! Hilfe!«, brülle ich ins Telefon.

»Schrei doch nicht so!«, kreischt die Baronin am anderen Ende der Leitung. »Sonst brauche ich selbst Hilfe, und zwar vom Ohrenarzt!«

»Jetzt ist keine Zeit für blöde Witze!«, beschwere ich mich. »Holen Sie mich hier raus! Ich will nicht sterben.«

»Ich auch nicht, trotzdem können wir nicht ewig leben, mein Junge. Irgendwann ist für jeden von uns die Uhr abgelaufen.«

»Für mich wahrscheinlich heute, wenn Sie mir nicht bald zu Hilfe kommen«, schreie ich hysterisch.

»Beruhige dich und atme ein paar Mal ganz tief durch«, rät mir die Baronin.

»Dann verbrauche ich die letzte Luft hier drin.«

»Wo bist du?«, fragt sie.

»Auf Mallorca. Am schönsten Strand der ganzen Insel. Haben Sie nicht selbst gesehen, wie ich ins Flugzeug gestiegen bin?«

Sie kichert.

»Wo soll ich schon sein?«, fauche ich sie an. »Im

Kofferraum natürlich. Warum haben Sie mich hier reingeschmissen, verdammt?«

»Halt die Luft an!«, ermahnt mich die Baronin. »Du hast nicht mehr viel davon. Sag mir jetzt mal genau, wie der Kerl gefahren ist. Kannst du dich daran erinnern, wie oft er in welche Richtung abgebogen ist?«

»Nein.«

»Hm. Fahrt ihr denn noch?«

»Nein, wir stehen. Er ist essen gegangen. Zusammen mit einem Komplizen.«

»Hörst du irgendetwas?«, fragt sie.

Ich spitze die Ohren. »Da ist ein Hupen. Und ein Tuten. Wie von Schiffen«, sage ich.

»Sehr gut«, lobt die Baronin. »Sonst noch was? Riechst du vielleicht was?«

Ich schnuppere.

»Es stinkt nach Schweiß. Angstschweiß. Und vielleicht habe ich auch in die Hose gemacht.«

»Ob du was von draußen riechst, will ich wissen!«

»Kaffee«, sage ich. »Wir müssen direkt vor einem Café gehalten haben.«

»Das würdest du nicht riechen«, stellt die Baronin fest. Dann klingt sie plötzlich aufgeregt. »Seid ihr über einen Bahnübergang gefahren?«

»Keine Ahnung. Alles, was ich unterwegs gesehen habe, ist nichts!«

»Hast du denn was gefühlt?«

»Angst!«, rufe ich verzweifelt aus. »Panische Angst!«

»Nein, ich meine, ob du ein Ruckeln gespürt hast. Seid ihr über Schienen gefahren?«

»Kann schon sein. Es gab mal so ein Geschüttel.«

»Dann weiß ich, wo du bist!«, jubelt die Baronin. »Halte durch, mein Junge! Und rühr dich nicht vom Fleck!«

Vom Fleck rühren? Schön wär's! Wenn ich das könnte, hätte ich kein Problem mehr.

Eine halbe Ewigkeit später höre ich, dass sich jemand am Schloss des Kofferraums zu schaffen macht. Wenn das Herr K ist, gibt es gleich einen Mord. Aber den gibt es auch, wenn das die Baronin ist. Ich werde ihr nämlich den Hals umdrehen.

O Mann, bin ich sauer auf meine alte Freundin! Schubst mich in den Kofferraum eines Mörderautos! Was hat sie als Nächstes mit mir vor? Mich gefesselt in die Elbe werfen?

Der Kofferraum geht auf. Ich blinzle in das grelle Licht. Geblendet halte ich eine Hand vor die Augen. Dann packen mich zwei Hände und heben mich aus dem Kofferraum. Die Arme drücken so kräftig zu, dass ich am liebsten um Hilfe schreien würde. Aber ich kriege keinen Ton raus, so trocken ist meine Kehle.

Es dauert ein paar Sekunden, bis ich merke, dass ich umarmt und nicht erwürgt werde. Es ist die Baronin! Vor Erleichterung fange ich an zu heulen.

»Weg hier!«, drängt sie und will mich mitschleifen.

»Einen Moment!«

Noch einmal beuge ich mich in den Kofferraum, schnappe mir einen der kleinen Gürtel und stecke ihn in die Jackentasche. Dann laufen wir auf die andere Straßenseite.

Die Baronin zieht mich in ein Café und drückt mich in einen Sessel.

»Ich hatte solche Angst um dich!«, stammelt sie.

»Ich auch!«

»Tut mir Leid!« Sie legt eine Hand auf meine Schulter. »Wenn ich dich erst aus dem Kofferraum gezogen und ihn danach zugemacht hätte, dann hätte er uns entdeckt.«

»Wie haben Sie mich denn gefunden?«

»Du hast was von Schiffsgeräuschen gesagt«, entgegnet die Baronin mit listiger Miene. »Also musstest du am Hafen sein. Aber der Hafen ist groß. Also musste ich wissen, ob du über den Bahnübergang gefahren bist. Da blieb nur noch der Nordteil des Hafens. Und der Kaffeegeruch kommt natürlich von der alten Kaffeerösterei. Also wusste ich, wo du warst. Ich hab dem Taxifahrer gesagt, er soll alle Straßen rund um die Rösterei nach einem schwarzen Jaguar absuchen.«

Ich bin echt beeindruckt und das sage ich der Baronin auch.

»Ich wollte Ihnen die Suche nicht so einfach machen«, erkläre ich. »Sonst hätte ich Ihnen den Namen der Pizzeria genannt, in der Herr K und sein Kumpel gerade sitzen.«

Die Baronin stemmt die Hände in die Hüften und reißt die Augen auf.

»War nur 'n Witz!«, erkläre ich schnell, ehe sie einen Anfall bekommt. »Bei unserem Telefongespräch hab ich gar nicht daran gedacht, Ihnen von dem Restaurant zu erzählen. Außerdem kann ich mich nicht mehr an den Namen erinnern.«

»Aha.«

Sie bestellt sich ein Kännchen Tee und für mich heiße Schokolade. Als die dampfende Tasse vor mir steht, erzähle ich der Baronin, was ich im Auto gehört habe.

»Ich glaube nicht, dass es dabei um alte Damen geht«, meint sie, als ich mit meinem Bericht fertig bin.

»Und warum nicht?«

»Was hast du denn vorhin aus dem Kofferraum geholt?«, erkundigt sie sich.

Das hatte ich fast vergessen. Ich ziehe den Gürtel aus meiner Tasche und lege ihn auf den Tisch. Dabei erkenne ich, dass das gar kein Gürtel ist. Der würde nicht mal einem der Winzlinge aus Mutters Kindergarten passen.

»Das ist ein Hundehalsband«, stellt die Baronin fest.

»Hä? Jetzt verstehe ich überhaupt nichts mehr!«

»Und ich langsam alles ...«

Lächelnd lässt sie zwei Stückchen Kandiszucker in ihre Tasse fallen.

»Ist er denn jetzt der Mörder?«, frage ich.

Sie schüttelt den Kopf.

»Es gab keinen Mord«, meint sie leicht enttäuscht. »Vielleicht wollte ich nur, dass Frau K ermordet wurde, weil – na ja – weil das etwas beruhigender für mich gewesen wäre. Frau K war ja bis auf den letzten Tag kerngesund und guter Dinge.«

»Sie finden Mord beruhigend?«

»Beruhigender, als wenn eine Frau in meinem Alter einfach so in ihrem Bett stirbt, von einem Tag auf den anderen. Ohne jede Vorwarnung. Verstehst du das?«

»Hm.« Ich trinke einen Schluck Kakao. »Ehrlich gesagt rede ich nicht so gerne über den Tod.«

»Ich schon. Allerdings nicht über meinen eigenen«, fügt sie grinsend hinzu.

Verlegen greife ich nach dem Halsband und nehme es etwas genauer unter die Lupe. Dabei mache ich eine Entdeckung, die mich wie ein Schlag trifft: Am Verschluss des Bandes hängt ein kleiner, silberner Anhänger – in Form eines Delfins!

Flipper ...

»Wir müssen unbedingt in Herrn Ks Haus!«, fordere ich prompt.

»Natürlich.« Die Baronin rührt ihren Tee um. »Und zwar morgen.«

Kapitel 9

Normalerweise schlafe ich samstags immer bis zum Mittagessen. Doch heute ist alles anders ...

Schon um sechs Uhr klingelt mein Wecker. Wütend schleudere ich ihn gegen die Wand. Das Ding landet unter meinem Schreibtisch und klingelt gnadenlos weiter.

Nachdem er verstummt ist, krieche ich todmüde aus dem Bett. Fast die ganze Nacht habe ich mich schlaflos hin und her gewälzt. So viele Schäfchen, wie ich in den letzten Stunden gezählt habe, gibt's auf der ganzen Welt nicht. Ein paar Mal bin ich eingeschlafen, doch kurz darauf wieder schweißgebadet aufgewacht. Ich träumte dauernd, ich liege noch im Kofferraum. Ständig klingelte das Handy. Aber wenn ich danach griff und es an mein Ohr hielt, verwandelte es sich in einen Schokoriegel oder in einen Hund.

Gähnend steige ich in meine Klamotten. Heute ist der Tag, an dem wir Herrn K das Handwerk legen wollen. Seine Tante hat der Baronin mal erzählt, dass ihr Neffe jeden Samstag um halb acht Uhr in einem Café am Hafen frühstückt. Das bedeutet, dass wir etwa eine Stunde Zeit haben, uns in seinem Haus umzusehen. Und dabei entdecken wir hoffentlich genug Beweise, um die Polizei einschalten zu können.

Murat ist bei dieser entscheidenden Aktion ebenfalls dabei. Er soll draußen Schmiere stehen und mit dem Handy der Baronin die Polizei rufen, wenn es brenzlig wird.

Ich habe keinen blassen Schimmer, was wir in Herrn Ks Keller vorfinden werden. Die Baronin wollte mir ihren Verdacht nicht mitteilen.

»Der Täter wird erst auf den letzten Seiten entlarvt«, meinte sie. »Aber wenn du zwei und zwei zusammenzählst, könntest du eigentlich jetzt schon ahnen, wie der Hase läuft.«

So ein Quatsch! Erstens ist das hier kein Krimi, sondern das echte Leben. Und zweitens geht es hier nicht um Hasen, sondern um Hunde. Und um eine tote Tante. Und um ein paar lebende Tanten, wenn wir früh genug in den Keller kommen.

Auf dem Weg ins Bad lausche ich den leisen Schnarchgeräuschen aus dem Schlafzimmer meiner Eltern. Zur Feier des Tages verzichte ich aufs Duschen und begnüge mich mit einer Katzenwäsche. Dann gehe ich in die Küche und schiebe mir schnell eine Ladung Müsli in den Mund.

Anschließend mache ich mich auf den Weg zur Haltestelle. Mein Magen fährt Achterbahn, so mulmig ist mir zumute. Was ist, wenn Herr K heute gar nicht ins Café fährt und stattdessen seelenruhig mit der Knarre in der Hand darauf wartet, dass wir in sein Haus einbrechen? Dann heißt es Gute Nacht und das schon am frühen Morgen.

In der S-Bahn versuche ich zwei und zwei zusammenzuzählen und überlege, was sich die Baronin wohl im Keller zu finden erhofft. Aber ich bin so müde, dass ich kaum die Augen aufhalten, geschweige denn mein Hirn richtig in Schwung bringen kann. Beim Gähnen renke ich mir fast den Unterkiefer aus. Um mich am Einschlafen zu hindern, kneife ich mir immer wieder in die Oberschenkel.

Es ist zehn vor halb acht, als ich aus der S-Bahn steige. Die Baronin wartet schon ungeduldig auf mich. Von Murat ist natürlich weit und breit nichs zu sehen. Kann der Blödmann nicht wenigstens ein einziges Mal im Leben pünktlich sein?

Heute hat die Baronin auf jede Maskerade verzichtet. Die kurzen, grauen Haare stehen ihr sowieso viel besser als die lange, rote Mähne. Richtig pfiffig sieht sie aus mit ihren hellwachen Adleraugen, denen nie etwas entgeht.

Nachdem wir uns begrüßt haben, verschwindet ihr Lächeln.

»Hör zu, Benedikt!«, beginnt sie mit ernster Miene. »Nach der gefährlichen Sache mit dem Kofferraum habe ich beschlossen, lieber allein ins Haus zu gehen. Ich will dich nicht noch einmal in so große Gefahr bringen, verstehst du?«

»Sind Sie verrückt?«, protestiere ich. »Erst darf ich die ganze Drecksarbeit erledigen, aber wenn's wirklich spannend wird, wollen Sie die Sache ohne mich durchziehen. Das ist eine Riesengemeinheit!«

Um mich zu beruhigen, legt sie eine Hand auf meine Schulter. »Was wir beide vorhaben, ist kein Kinderspiel. Das ist was für echte Profis! Und du bist ein Schüler.«

»Und Sie sind eine Rentnerin!«, knurre ich. »Aber irgendwie dachte ich, wir sind trotzdem Profis.«

Da fängt die Baronin an zu lachen. »Ja, du hast Recht! Behaupte hinterher aber bloß nicht, ich hätte dich nicht gewarnt.«

»Keine Angst!«

»Du hast keine Angst?«, fragt sie erstaunt.

»Doch, habe ich«, gebe ich kleinlaut zu. »Und Sie?«

»Ich auch. Aber das würde ich dir nie verraten.« Sie schaut sich nach allen Seiten um. »Wo bleibt denn dein Freund?«

Ich zucke die Schultern. »Auf den ist nur Verlass, wenn man ein paar blöde Witze hören will.«

Zehn endlose Minuten warten wir auf Murat, doch der lässt sich einfach nicht blicken. Wahrscheinlich liegt er noch im Bett und träumt von seinem ersten großen Auftritt als Komiker.

»Wenn wir noch länger hier rumstehen, wird die Zeit zu knapp«, sagt die Baronin schließlich. »Herr K ist schon längst weg. Los, brechen wir ein!«

Mit entschlossenen Schritten marschiert sie auf das Haus zu. Mit reichlich gemischten Gefühlen hefte ich mich an ihre Fersen. Mein Magen fühlt sich an, als würde dort gerade eine Million Ameisen eine Riesenparty veranstalten.

Als wir an der Tür ankommen, packt die Baronin

ihr Etui aus. Diesmal braucht sie etwas länger. Vielleicht wäre es gar nicht so übel, wenn sie das Schloss nicht knacken könnte. Das würde uns möglicherweise einen Haufen Ärger ersparen.

Doch auf einmal klickt das Schloss und die Baronin öffnet die Tür.

Bevor wir hineingehen, nickt sie mir aufmunternd zu und flüstert: »Wird schon schief gehen!«

Genau das befürchte ich ja!

Ich lasse der Baronin den Vortritt. Schließlich bin ich ein höflicher Junge. Und ein ziemlicher Angsthase. Zu gerne würde ich jetzt einfach davonhoppeln. Aber dafür ist es zu spät. Nie im Leben würde ich die Baronin bei einer so gefährlichen Aktion im Stich lassen.

Im Haus ist es ganz schön dunkel. Ein widerlicher Geruch liegt in der Luft.

»Verwesendes Fleisch«, murmelt die Baronin.

»Igitt! Ich glaube, ich muss kotzen!«

»Beruhige dich! Hier gibt's keine Leichen. Zumindest keine menschlichen.«

»Hat er Tiere ermordet?«, frage ich.

»Nein«, antwortet sie und geht leise den Flur entlang. »Das hat der Metzger für ihn erledigt.«

Wir betreten das Wohnzimmer. Die Vorhänge sind zugezogen. So wenig Möbel habe ich noch nie in einem Raum gesehen. An einer Wand steht ein schäbiges Sofa. In einer Ecke entdecke ich eine Staffelei. Das Bild darauf ist mit einem Tuch zugedeckt.

Die Baronin geht darauf zu und zieht das Tuch weg. Ich hatte eines dieser rosa Hühnerbilder erwartet. Aber auf diesem Bild ist ein Baum zu sehen.

Ich ziehe den Vorhang ein Stück zur Seite, damit wir das Bild besser erkennen können. Seltsam! Statt der Äste stehen links und rechts vom Baum Namen in einer verschnörkelten Schrift.

»Was soll das sein?«, frage ich.

»Ein Stammbaum. So was hab ich auch. Da stehen die Namen all meiner Vorfahren drauf. Und in der Krone des Baumes steht der Name meines Großneffen. Er ist der jüngste Spross der Familie von Stöver.«

Ich beuge mich näher an den Stammbaum. Mühsam entziffere ich die Buchstaben. In der Krone steht *Schelm von Birkenhausen.*

»Wer nennt seinen Sohn denn Schelm?«, frage ich.

»Nicht seinen Sohn«, erwidert die Baronin. »Seinen Hund. Das ist der Stammbaum eines Hundes.«

»Und warum malt Herr K den?«, frage ich.

»Weil er irgendeinen ganz gewöhnlichen jungen Hund als Rassehund mit Stammbaum verkauft. Und dafür kassiert er ein paar tausend Mark.«

»Aha! Damit verdient er also sein Geld!«

Mit einem Schlag wird mir klar, was Sache ist. Jetzt weiß ich, warum Herr K die Hunde fotografiert. Sein Komplize hat wohl all die jungen Vierbeiner im *Planten un Blomen* und in den Straßen drum herum geklaut. Und dann hat Herr K die Stammbäume gemalt. Die Seite, die Bianca im Internet gefunden hat, haben vermutlich die beiden angelegt. Dann war also der Hund, der ihrem Flipper so ähnlich sah, tatsächlich ihr Flipper. Zwei und zwei ist also gleich Hundnapping.

»Wahnsinn!« Ich grinse übers ganze Gesicht. »Wir haben Herrn K und seinen fiesen Kumpel überführt! Ich bin echt beeindruckt.«

»Von wem?«

»Na von uns! Wir sind ja richtig gut. So ein komplizierter Fall! Und wir haben ihn tatsächlich gelöst!«

»Noch nicht ganz!«, sagt die Baronin. »Komm, wir gehen in den Keller!«

Zögernd folge ich ihr. Nach einigem Suchen finden

wir eine Tür, hinter der eine Treppe nach unten führt. In dem Augenblick, als ich das Licht einschalte, setzt ohrenbetäubendes Bellen ein.

Wir gehen die Stufen hinunter und sehen neun Käfige, in denen jeweils ein Hund auf und ab springt. Sie sind alle jung und reinrassig. Und sie stinken! Herr K hat die Käfige wohl nicht sehr sauber gehalten.

In einer Ecke liegt ein aufgeschlitzter, schwarzer Sack. Jede Menge rohes Fleisch ist auf den Boden gefallen. Der Gestank ist so widerlich, dass mir fast das Müsli hochkommt.

Fünf der Hunde sind schwarz, drei sind dunkelbraun. Aber einer ist hellbraun – genau wie das Hündchen auf Biancas Zeichnung. Ich gehe vor dem Käfig in die Knie und sehe mir das niedliche Kerlchen etwas genauer an.

»Bist du Flipper?«, frage ich den kleinen Kläffer. Der hört sofort auf zu bellen und zu springen, starrt mich mit großen Augen an und wedelt wie verrückt mit seinem Schwänzchen.

Kein Zweifel: Das ist der Besitzer des Halsbandes mit dem Anhänger. Ich habe Flipper gefunden!

»Lassen wir sie jetzt raus?«, frage ich die Baronin.

»Spinnst du?«, erwidert sie. »Wir rufen erst mal die Polizei.«

»Ich habe noch einen anderen Vorschlag«, ertönt eine bekannte Stimme hinter uns.

Mit einem Schlag sind die Hunde mucksmäuschenstill. Erschrocken fahren wir herum.

Herr K steht breitbeinig in der Kellertür. In einer Hand hält er das größte Messer, das ich je gesehen habe.

»Was haben Sie vor?«, zischt die Baronin ohne die geringste Angst. »Machen Sie keinen Quatsch! Jede Sekunde trudelt die Polizei hier ein und bringt Sie hinter Gitter!«

»Bis dahin wandert ihr selbst ins Gefängnis!« Herr K zeigt auf Flippers Käfig. »Ihr klettert jetzt mal zu eurem kleinen Freund. Später überlege ich mir dann, was ich mit euch mache. Na los, worauf wartet ihr? Seid ihr beide schwerhörig? Rein in den Käfig!«

Da greift sich die Baronin an die Stirn und setzt wieder ihren irren Blick auf.

»Wo – wo bin ich?«, stammelt sie verwirrt. »Kann mir jemand sagen, wo – wo ich – ja, das ist Brasilien! Jetzt erkenne ich es. Wir sind in Bremen, in der Hauptstadt von Brasilien.«

»Sparen Sie sich Ihre Schauspielkünste! Ich habe Sie längst durchschaut!«, schnauzt Herr K sie an. »Setzen Sie sich endlich in Bewegung, sonst mache ich Ihnen Beine!«

»Was erlauben Sie sich, Sie Flegel?«, fährt ihn die Baronin entrüstet an. »In so einem Ton reden Sie gefälligst nicht mit mir. Ich bin Baronin von Stöver.«

»Lassen Sie Ihre dämlichen Schwindeleien!«, brüllt Herr K. »Auf diesen Schwachsinn falle ich nicht noch mal rein! Sie nehmen jetzt Ihren Milchbubi an die Hand und klettern in den Käfig, verstanden?«

»Wie denn, Sie Schlauberger? Der ist doch abgeschlossen. Sollen wir uns durch die Gitterstäbe zwängen?«

Grummelnd kommt Herr K langsam die Stufen herunter und fuchtelt dabei mit dem Messer herum. Oder ist das etwa ein zu kurz geratenes Schwert? Egal – auf nähere Bekanntschaft mit dem Ding legen weder ich noch mein Körper besonders großen Wert!

Während Herr K einen Schlüsselbund zückt und sich am Schloss von Flippers Käfig zu schaffen macht, stößt mich die Baronin in die Seite.

»Nun mach schon!«, fordert sie mich leise auf. »Du kannst doch Judo! Tu was!«

»Wenn er sich auf den Boden legen würde, könnte ich ihn vielleicht drei Minuten lang festhalten«, flüstere ich zurück. »Das gelingt mir zumindest bei Murat.«

Genau in diesem Augenblick erscheint eine große schwarze Schnauze in der Kellertür. Und hinter der Schnauze schiebt sich der Körper eines riesigen Dobermanns auf die Treppe. Ein ungemütliches Knurren ist zu hören.

»Ruhe!«, kreischt Herr K.

Das Knurren verwandelt sich in ein Bellen. Herr K dreht sich um, reißt die Augen auf und schimpft: »Wo kommt denn dieses Monster her, zum Teufel?«

»Das ist wirklich ein Teufel«, lache ich erleichtert. »Aber seine Freunde nennen ihn Satan.«

Langsam kommt der Dobermann die Stufen herunter und lässt sich vor Herrn K auf den Hinterpfoten nieder. Der Ganove bedroht ihn mit seinem Messer. Genau drei Sekunden lässt Satan sich das gefallen. Dann springt er knurrend auf Herrn K zu. Der lässt schreiend das Messer fallen und geht zu Boden. Satan setzt sich auf seine Brust. Dabei schmiegt er den Kopf an Herrn Ks Hals.

»Hilfe!«, brüllt Herr K in panischer Angst. »Dieser Killerhund beißt mir die Kehle durch!«

»Noch nicht«, sagt Murat, der grinsend die Treppe herunterkommt. »Erst, wenn ich ihn darum bitte.«

»Murat, mein bester Freund!« Vor Begeisterung falle ich ihm um den Hals. Wenigstens weiß er, was das Zweitwichtigste an einem besten Freund ist: Da zu sein, wenn man ihn braucht!

»Gleich kommen noch mehr Freunde!«, verrät uns Murat. »Freunde und Helfer. Ich hab der Polizei Bescheid gesagt!«

Und da ertönen auch schon die Sirenen. Kurz darauf tauchen die ersten Beamten im Keller auf.

Sie lassen sich von der Baronin kurz erzählen, was passiert ist. Dann schreiben sie unsere Namen und Adressen auf und verhaften Herrn K.

Eigentlich wirkt er richtig glücklich. Kein Wunder: Die Handschellen scheinen ihm lieber zu sein als Satans Gebiss.

Ich nehme mir ganz fest vor, nie wieder etwas gegen Hunde zu sagen. Schon gar nicht gegen große!

»Wir lassen die Kläffer später abholen«, sagt einer der Polizisten zur Baronin. »Hoffentlich können wir ganz genau feststellen, wem die Tiere gehören.«

Ich deute auf Flipper. »Der hier gehört Bianca Klinger. Wollen Sie ihre Adresse haben?«

Der Polizist nickt, holt ein kleines Notizbuch aus der Tasche und schreibt meine Angaben hinein.

Eine Minute später taucht noch jemand mit einem Notizblock auf: ein Journalist der *Hamburger Morgenpost.*

»Wie seid ihr dem Kerl denn auf die Schliche gekommen?«, erkundigt er sich neugierig. »Das scheint mir ja ein richtig schwerer Fall gewesen zu sein.«

»Tja, wir sind eben richtig gute Spürnasen!«, erklärt Murat großspurig, ohne die Baronin oder mich zu Wort kommen zu lassen. »Aber das ist eine lange Geschichte. Gehen wir mal nach oben, dann erzähle ich sie Ihnen.«

Er fasst den verdutzten Mann am Arm und stapft mit ihm die Treppe hinauf, gefolgt von Satan.

Die Baronin und ich lächeln uns an. Dabei müssen wir gleichzeitig gähnen.

»Für uns hat der Tag heute verdammt früh begonnen, mein Junge!«

»Aber dafür war er auch verdammt spannend.«

»Komm, ich spendiere uns ein Taxi nach Hause«, schlägt sie vor.

Beim Rausgehen kommen wir an Murat und dem Journalisten vorbei.

»Bei diesem Fall musste ich natürlich in Topform sein!«, faselt Murat gerade. »Haben Sie sich schon mal am Dach eines fahrenden Autos festgehalten? Im Fernsehen sieht das immer ziemlich einfach aus. Aber in Wirklichkeit muss man schon ein echtes Kraftpaket und höllisch geschickt sein, wenn man so was ohne einen Kratzer überleben will.«

Aha – Murats Märchenstunde ist voll im Gange. Hoffentlich glaubt ihm der arme Schreiberling nur jedes tausendste Wort.

Kapitel 10

Bevor ich am nächsten Tag ins Heim gehe, kaufe ich noch schnell eine Sonntagszeitung. Wäre doch gelacht, wenn da kein Artikel über die beiden Hamburger Helden drin wäre!

Tja, die Schlagzeile ist es mal nicht. Da steht *Pandanachwuchs im Berliner Zoo.* Hm, vielleicht hätten wir lieber ein paar Pandas retten sollen.

Ich laufe in den zweiten Stock und klingle bei der Baronin. Sie öffnet sofort.

»Na, gut geschlafen, du Meisterdetektiv?«, begrüßt sie mich gut gelaunt.

»Wie ein Toter«, antworte ich grinsend.

Die Baronin droht mir mit dem Zeigefinger. »Über so was macht man keine Witze«, brummt sie.

Im Wohnzimmer wartet schon der Früchtetee auf uns. Nachdem wir es uns auf dem Sofa gemütlich gemacht haben, schenkt die Baronin ein. Dabei fragt sie beiläufig: »Na, hat Bianca schon bei dir angerufen?«

Am prompten Wechsel meiner Gesichtsfarbe müsste die Baronin ablesen können, dass ich tatsächlich schon was von Bianca gehört habe.

Sie rief gestern Abend an. Die Polizei hatte sich bei ihr gemeldet und ihr verraten, wer den Räubern ihres Flippers und der anderen Hunde auf die Spur gekommen war. Heute Nachmittag darf sie ihren Hund im Tierheim abholen.

Tja, damit ist leider nichts aus meinem Traum geworden, von ihr einen Kuss auf die Backe gedrückt zu bekommen.

»Also, hast du jetzt was von ihr gehört oder nicht?«, fragt die Baronin neugierig.

Ich nicke. »Sie hat sich bedankt. Und zwar mit ganz netten Worten«, füge ich verlegen hinzu. »Aber die verrate ich Ihnen nicht.«

Die Baronin lächelt versonnen: »Ja, ja die Liebe ...«

»Reden Sie von Herrn Hoffmann?«

Jetzt wird die Baronin rot.

»Nein«, knurrt sie fast so gefährlich wie Satan. »Im Übrigen habe ich jetzt noch sehr viel weniger Interesse an ihm als vorher.«

»Warum denn das?«

»Anfangs dachte ich, er könnte ebenfalls unsere Miss K ermordet haben«, erklärt sie.

»Dann war er also Ihr Verdächtiger B?«

»Genau. Ich dachte, er hätte es vielleicht nicht verkraftet, dass sie ihm einen Korb gegeben hat. Männer sind ziemlich seltsam, weißt du? Vor allem, wenn es um Liebe geht.«

»Jungs auch.«

»Und Mädchen und Frauen ebenfalls«, ergänzt die Baronin glucksend.

Sie greift nach der Zeitung und schlägt sie auf.

»Mal sehen, ob was über uns drinsteht.«

Mit gerunzelten Augenbrauen überfliegt sie die erste Seite. Dann blättert sie um. Zwei Sekunden später blättert sie wieder um.

»Was ist denn das für ein Mistblatt?«, regt sie sich auf. »Jetzt bin ich schon auf Seite sechs und noch immer keine Zeile über uns!«

Plötzlich hellt sich ihr Gesicht auf. »Na endlich!«

Sie liest den Text. Dabei beobachte ich, wie ihr Gesichtsausdruck immer gereizter wird. Schließlich ruft sie wütend aus: »So eine bodenlose Frechheit!«

Ich nehme ihr die Zeitung aus der Hand. In der unteren rechten Ecke prangt ein Bild des grinsenden Murat. Neben ihm hockt Satan.

Hundedieb gefasst, lautet die Überschrift.

Darunter stehen nur ein paar Zeilen: *Unter Einsatz seines Lebens ließ der 10-jährige Murat N. aus Hamburg einen Diebesring auffliegen.*

Der 40-jährige Ralf K. und sein Komplize Roland F. raubten im Zeitraum von drei Wochen neun junge Hunde in Hamburg. Gestern konnten der Drahtzieher und sein Komplize dank Murats waghalsigem Einsatz dingfest gemacht werden. Die Hunde werden heute ihren rechtmäßigen Besitzern zurückgegeben.

»War gar nicht so leicht«, meint der bescheidene Murat. »Aber ich hatte ja Hilfe.«

Damit ist sein Dobermann Schnuffel gemeint. So lange diese zwei echten Profis über Hamburg wachen, können seine menschlichen und tierischen Einwohner ruhig schlafen.

»Der Name des Hundes ist auch falsch«, meine ich lahm.

»Na ja, immerhin sieht er auf dem Foto verdammt gut aus«, stellt die Baronin fest.

Ich sehe sie verblüfft an. »Murat?«

»Nein, Satan!«

Valentinstag, Tag der Verliebten. Da muss ich, Benedikt, doch meiner angebeteten Bianca etwas schenken. Zumindest redet mir das mein Freund Murat ein. Aber was tun, wenn man zehn Jahre alt ist und das Geld nicht auf Bäumen wächst? Eine Tüte Nachos kaufen zum Beispiel. Da ist nämlich als Zugabe ein Ring drin. Wenn nur nicht die Baronin wäre, die sofort erkennt, dass der Ring echt ist. Und schon sind wir beide in einen aufregenden Schmugglerfall verwickelt …

Weitere Fälle der »Zwei echten Profis«:

Die Spur des Katers
Die verschwundene Ophelia
Ein charmanter Schwindler
Jagd auf den Pillendieb
Kreuzfahrt in den Knast
Neun Entführungen und ein Todesfall
Schwere Jungs und leichte Beute

Zwei echte Profis

Bieniek & Band

Der geschmuggelte Ring

UEBERREUTER

ISBN 3-8000-2062-9

Umschlagillustration von Hans-Jürgen Feldhaus

Druck: Ueberreuter Print
7 6 5 4 3 2 1

Ueberreuter im Internet: www.ueberreuter.at

Kapitel 1

Ich liebe solche verkorksten Tage!

Zum Frühstück gab es nicht nur Müsli und Kakao, sondern auch einen heftigen Streit mit meinen Eltern. Schuld daran war eine teure Porzellanvase, die meine Eltern zum zehnten Hochzeitstag geschenkt bekommen hatten, und unser neuer Staubsauger.

Heute Morgen wollte ich mit dem Staubsauger einen Judogriff ausprobieren. Als ich ihn durch die Luft wirbelte, stieß ich leider die Vase um. Wer hat eigentlich das dämliche Sprichwort *Scherben bringen Glück* erfunden? Mir haben sie nur Geschimpfe eingebracht.

In der Schule setzte sich meine Pechsträhne weiter fort. Erst bekam ich eine Klassenarbeit zurück – mit einer glatten Sechs! Angeblich hatte ich das Thema des Aufsatzes völlig verfehlt. Es lautete: *Ein grauenhaftes Erlebnis.*

Ich beschrieb unser Mittagessen vom vorletzten Sonntag, als meine Mutter ihre Schwester in Düsseldorf besuchte und mein Vater deshalb Koch spielen musste. Sein Gemüseeintopf hatte einfach widerlich geschmeckt! Vielleicht hätte ich ein paar total versalzene und knochenharte Bohnen ins Aufsatzheft kleben sollen. Eine kleine Kostprobe hätte unsere Deutschlehrerin bestimmt davon überzeugt, dass ich das Thema keineswegs verfehlt habe.

In Musik passierte die nächste Katastrophe.

Weil ich zu laut mit meinem besten Freund Murat geschwätzt hatte, musste ich nach vorne zum Klavier und der ganzen Klasse etwas vorsingen. Das einzige Lied, das mir einfiel, war *Alle meine Entchen.* Ich kam mir vor wie im Kindergarten. Alle grinsten mich saublöd an, sogar Bianca. Und ihre Freundin Lydia nervte mich anschließend mit lautem Gequake.

In der großen Pause verzog ich mich schmollend in die hinterste Ecke des Schulhofs, um in Ruhe eine Tüte Gummibärchen zu naschen. Doch ich Blödmann riss die Tüte so ungeschickt auf, dass der gesamte Inhalt in einer dreckigen Pfütze landete.

»Na, willst du den Gummibärchen das Schwimmen beibringen?«, rief Lydia, die natürlich genau im unpas-

sendsten Moment auftauchte, zusammen mit ihrer besten Freundin Bianca.

Die beiden kicherten um die Wette. Ich drehte ihnen brüsk den Rücken zu und stapfte davon – um nur einen Meter weiter ausgerechnet mit Uwe zusammenzustoßen, dem größten Raufbold der ganzen Schule. Wütend verpasste er mir einen so kräftigen Schubs, dass ich zu Boden ging. Lydias Kichern wurde lauter, während Bianca verstummte. Als ich mich zu ihr umdrehte, lächelte sie mich mitleidig an. Und darüber ärgerte ich mich noch mehr als über Lydias Gegacker!

Jetzt auf dem Nachhauseweg ist meine schlechte Laune immer noch nicht verflogen.

»Meine Güte!«, regt sich Murat auf. »Mach nicht so ein finsteres Gesicht! Was ist schon großartig passiert?«

»Das weißt du ganz genau!«, brumme ich. »Ich Idiot hätte im Bett bleiben sollen! Heute hab ich nichts als Pech. Kurz nach dem Aufstehen ging es schon los mit dieser doofen Vase!«

»Wieso Pech? An der kaputten Vase bist du selbst schuld! Musstest du denn unbedingt mit dem Staubsauger Judo üben? Das kannst du doch auch mit mir!«

»Von wegen!«, widerspreche ich gereizt. »Sobald ich dich auch nur mit den Fingerspitzen berühre, liege ich

doch schon mit dem Rücken auf der Matte! Der Staubsauger ist viel leichter als du. Außerdem hat er sich nicht gewehrt.«

»Na toll!«

Wir unterbrechen unser Gespräch, weil gerade eine kräftige Sturmböe über uns hinwegfegt. Wären wir nicht mit den schweren Schultaschen bepackt, würde uns der Wind vielleicht bis nach Helgoland wehen. Das Wetter in Hamburg – darüber könnte ich jeden Tag einen Aufsatz zum Thema *Ein grauenhaftes Erlebnis* schreiben.

»Das ist ja ein richtiger Orkan!«, brüllt Murat. »Wenn wir jetzt auf hoher See wären, bräuchte ich mindestens drei Kotztüten!«

»Mir ist auch so schon schlecht genug!«, brülle ich zurück. »Wenn ich an Biancas mitleidiges Grinsen denke, kommt mir das ganze Essen von letzter Woche hoch!«

Murat schüttelt den Kopf und zeigt mir einen Vogel. Nicht am Himmel, sondern auf seiner Stirn.

Kurz darauf biegen wir in eine Seitenstraße ein, in der es nicht ganz so windig ist. Außerdem herrscht hier viel weniger Verkehr.

»Wird höchste Zeit, dass der Frühling kommt!«,

maule ich und vergrabe die Hände in den Taschen. »Ich möchte endlich mal wieder ins Freibad.«

»Ich auch! Aber es ist ja erst Mitte Februar. Sollen wir übermorgen ins Hallenbad gehen? Heute und morgen kann ich leider nicht.«

»Und ich übermorgen nicht. Da hab ich nämlich eine Verabredung.«

Murat lächelt verschmitzt. »Mit Bianca?«

»Wieso?«

»Übermorgen ist doch Valentinstag.«

»Na und? Ich heiße Benedikt. Was hab ich damit zu tun, dass alle Valentins übermorgen Namenstag haben?«

Murat schaut mich verdattert an. »Spinnst du? Weißt du echt nicht, was der Valentinstag ist?«

»Nö«, gestehe ich.

»Das ist der Tag der Verliebten. Da musst du Bianca irgendwas schenken. Und sie dir.«

»Blödsinn!«, zische ich. »Was haben denn Bianca und ich mit Liebe zu tun?«

»Gar nichts!«, wiegelt Murat schnell ab und fängt dann an zu lachen.

»Halt die Klappe!«, warne ich ihn. »Sonst kannst du was erleben!«

»Was denn? Holst du deinen Staubsauger als Verstärkung und legst mich mit ihm zusammen aufs Kreuz?«

Ich balle die Fäuste in den Taschen und presse die Lippen aufeinander. Nein, ich hab keine Lust, mich mit Murat anzulegen. Mit seinem besten Freund kloppt man sich nicht! Vor allem dann nicht, wenn man viel schwächer ist.

»Mit wem bist du denn übermorgen verabredet?« Der neugierige Murat lässt einfach nicht locker. »Mit dieser verrückten, alten Schachtel aus dem Heim?«

»Nein, mit der Frau Baronin von Stöver.«

»Die meine ich doch!«, sagt Murat. »An welchem spannenden Fall arbeitet ihr denn gerade? Ist ein Hamster aus dem Tierpark geklaut worden? Oder seid ihr auf der Suche nach dem geheimnisvollen Unbekannten, der im Stadtpark an einen Baum gepinkelt hat? Oder macht ihr etwa –«

»Ach du Schande!«, entfährt es mir plötzlich. Abrupt bleibe ich stehen und starre mit ungläubigen Augen zur anderen Straßenseite hinüber.

Murat folgt meinem Blick.

»Bankräuber!«, murmelt er fassungslos. »Richtige Bankräuber! Schwer bewaffnet!«

Zwei Männer mit Wollmützen über dem Kopf und Maschinenpistolen in der Hand stehen vor dem Eingang einer Bank. Jede Sekunde kann der Überfall losgehen. Fieberhaft überlege ich, wie Murat und ich ihn verhindern könnten. Aber mein Gehirn ist wie gelähmt, so sehr hat mich der Anblick der beiden Gangster geschockt.

»Was sollen wir tun?«, frage ich Murat aufgeregt. »Die Polizei rufen?«

»Quatsch! Bis die hier sind, ist die Sache schon gelaufen. Los, komm!«

Ohne zu zögern rennt er los über die Straße, direkt auf die Bankräuber zu.

Ist der Kerl wahnsinnig geworden? Okay, Murat hat zwar einen gelben Gürtel, aber die beiden haben Maschinenpistolen. Und außerdem sind sie zu zweit. Wie will Murat sie außer Gefecht setzen? Hat er etwa vor, sie so lange mit Witzen zu bombardieren, bis sie verzweifelt das Weite suchen? Sein Mundwerk ist jedenfalls Murats gefährlichste Waffe.

Und genau die setzt er gerade ein. Er steht zwischen den beiden Ganoven und quasselt und quasselt und quasselt. O Mann, was soll der Blödsinn? Mein Freund redet sich bestimmt um Kopf und Kragen. Ich

muss sofort zu ihm rüber und ihn in Sicherheit bringen.

»Hey, da ist ja Benedikt, mein bester Freund!«, ruft Murat aus, als ich bei ihm ankomme. »Seid bloß vorsichtig, sonst bricht er euch sämtliche Knochen. Wisst ihr, dass er der beste Judoka von ganz Deutschland ist? Gebt mal schnell die Waffen her und verpisst euch, sonst verwandelt sich Benedikt in eine gemeingefährliche Kampfmaschine.«

Die Männer fangen an zu lachen. Ich hingegen finde Murats Sprüche weniger komisch und flehe ihn mit Blicken an, die Klappe zu halten. Doch mein Freund ist nicht mehr zu stoppen.

»Los, her mit dem Spielzeug!«, kreischt er. »Ich brülle die ganze Stadt zusammen, wenn ihr nicht die Waffen fallen lasst. Hilfe! Hilfe!«, schreit er so laut, dass sich seine Stimme überschlägt. »Hilfe! Ein Banküberfall! Hilfe! Hilfe!«

In den Häusern ringsum werden reihenweise die Fenster aufgerissen. Dutzende Köpfe beugen sich heraus. Entsetzt schauen sie zu uns herunter.

»Was ist hier los?«, krächzt eine ältere Dame mit rosa Lockenwicklern im Haar, die anscheinend weniger beeindruckt ist als die anderen Leute.

»Ein Banküberfall!«, brüllt Murat. »Rufen Sie die Polizei!«

»Polizei!«, ruft die Frau. »Polizei!«

»Nein, am Telefon!«, schreit Murat. »Sie sollen die Polizei nicht rufen, sondern anrufen!«

Die Dame macht ein ratloses Gesicht. »Und wie ist die Nummer? 110 oder 112? Ich verwechsle immer die Polizei mit der Feuerwehr. Weißt du was, mein Junge? Ich rufe erst mal die Auskunft an, die wissen doch immer Bescheid.«

Ehe Murat etwas darauf erwidern kann, reißt sich einer der Männer die Wollmütze herunter und brüllt zu der Dame hinauf: »Lassen Sie Ihr Telefon in Ruhe! Wir drehen hier einen Film in der Sparkasse, aber diese beiden Witzbolde stören uns leider dabei.«

Eine Sekunde später stürmt ein blonder Mann mit riesigen Kopfhörern auf den Ohren aus der Bank.

»Wo bleibt ihr denn?«, schimpft er. »Ich hab schon längst *Aufnahme* gebrüllt. Wollt ihr, dass ich heiser werde?«

»Hey, ihr seid vom Fernsehen?« Murat strahlt die drei Männer an. »Habt ihr ein Glück! Wisst ihr, dass es in ganz Hamburg in den letzten hundert Jahren keinen größeren Komiker gegeben hat als mich? Und ich

bin nicht nur ein witziger Hamburger, sondern auch ein superwitziger Cheeseburger, hahaha! Hört euch mal meine Gags an: Kommt eine Frau mit 'ner Krücke zum Arzt, donnert sie ihm auf den Kopf und sagt –«

»Verschwinde!«, knurrt der Wichtigtuer mit dem Kopfhörer. »Du störst uns bei der Arbeit!«

Murat breitet die Hände aus. »Okay, dann eben nicht!«, meint er beleidigt. »Dann lasse ich mich eben von RTL entdecken.«

Der Blonde grinst. »Wir *sind* von RTL, du Dummschwätzer!«

»Echt? Mein Lieblingssender ist sowieso PRO 7! Wie heißt die Schlaftablette, die garantiert immer wirkt? RTL! Ein Glück, dass ihr mich nicht entdeckt habt!«

Er zupft mich am Ärmel. Wir marschieren davon, verfolgt von dreistimmigem Gelächter.

»Und?«, fragt Murat hundert Meter weiter. »Wie war ich?«

»Echt peinlich!«

Er runzelt die Stirn. »Findest du? Die haben sich doch kaputtgelacht!«

»Na eben! Und weißt du wieso?«

Murat winkt ab. »Ist doch egal! Hauptsache, sie haben gelacht!«

Kapitel 2

Genau vierundzwanzig Stunden später nervt Murat wieder mit dem bescheuerten Valentinstag ...

»Bianca mag dich, das ist doch sonnenklar!«, behauptet er auf dem Heimweg. »Vorhin in der Pause hat sie es dir ja wohl mehr als deutlich gezeigt.«

»Hä? Wie denn?«

»Als wir an ihr und Lydia vorbeigingen, hat Bianca dich deutlich spüren lassen, wie sehr du ihr gefällst.«

»O ja!«, rufe ich spöttisch aus. »Indem sie mich wie Luft behandelt und keinen einzigen Blick in meine Richtung geworfen hat.«

»Sie wollte dich nicht ansehen«, ereifert sich Murat, »sonst hätten ihre Augen ihre Liebe zu dir verraten.«

Wenn Murat nicht aufhört mit dem Gewäsch, verraten seine Augen gleich auch was: Dass ihm jemand voller Wut ein Veilchen verpasst hat.

»Komm, schenk ihr was zum Valentinstag!«, drängt mich Murat. »Sie wird sich bestimmt wahnsinnig drüber freuen.«

»Du willst doch nur, dass ich mich lächerlich mache!«, fauche ich ihn an. »Warum kaufst *du* denn nicht was zum Valentinstag und schenkst es dem Menschen, den *du* liebst?«

Murat schaut mich fragend an. »Wen liebe ich denn?«

»Dich selbst!«

»Sehr komisch!«, brummt Murat.

»Außerdem: Was soll ich Bianca denn schenken? Ein paar Gänseblümchen? Eine Currywurst? Eine Badekappe? Ich hab doch keine Ahnung, worüber sie sich freuen würde.«

»Darüber zum Beispiel!«

Murat bleibt vor dem Schaufenster stehen, an dem wir gerade vorbeikommen, und zeigt auf einen Zettel mit der Aufschrift: CHIPSTÜTE MIT RING!

»Damit kannst du nichts falsch machen«, meint er. »Wenn sie den Ring nicht mag, freut sie sich vielleicht über die Chips. Und umgekehrt.«

Allerlei merkwürdiger Krimskrams liegt in dem kleinen Schaufenster, in das Murat und ich schon öfter

einen Blick geworfen haben: Pappnasen, Plastikschwerter, knallbunte Haarreifen und grässliche Holzmasken. Dort, wo der Zettel hängt, stapeln sich jede Menge Chipstüten mit der Aufschrift *Nachos.*

»Die kommen aus Südamerika«, erklärt Murat fachmännisch. »Meine Brüder verschlingen diese Chips tonnenweise, zusammen mit einer ekelhaften Soße!«

»Hast du sie schon mal probiert?«

Murat nickt und verzieht angewidert das Gesicht. »Danach wollte ich die Feuerwehr rufen, so sehr hat meine Zunge gebrannt!« Er schüttelt sich. »Bianca sollte die Nachos lieber ohne Soße futtern.«

»Sie wird sie überhaupt nicht futtern!«, erwidere ich und gehe weiter. »Warum sollte ich Geld für sie ausgeben? Ich bin doch nicht verrückt!«

»Aber verliebt! Und das ist so ziemlich das Gleiche!«, stichelt Murat.

Zum Glück trennen sich kurz darauf unsere Wege.

»Tschüs!«, ruft mir mein Freund zum Abschied zu. »Und gib dir gefälligst Mühe bei den Matheaufgaben!«

»Wieso?«

»Damit ich morgen früh nicht die falschen Lösungen von dir abschreibe.«

Ich schaue ihm hinterher, bis er um die nächste

Ecke verschwunden ist. Dann renne ich zurück zu dem kleinen Geschäft mit den Chips im Schaufenster.

Beim Öffnen der niedrigen Tür ertönt eine schrille Klingel. Es ist so dunkel hier drin, dass ich kaum was erkennen kann. Viel größer als unser Wohnzimmer dürfte der Laden nicht sein. Er ist voll gestopft mit allem möglichen Klimbim.

Hinter der schäbigen Holztheke entdecke ich einen uralten, glatzköpfigen Mann in einem weißen Kittel. Er trägt eine randlose, runde Brille mit dicken Gläsern. Die Augen dahinter sehen aus, als würden sie in winzigen Becken schwimmen, so wässrig sind sie.

»Guten Tag!«, begrüßt er mich freundlich. »Kann ich dir helfen, mein Sohn?«

Sohn ist gut! Er könnte der Vater der Baronin sein.

»Ich hätte gern eine Tüte Chips«, sage ich. »Die mit dem Ring.«

Er zeigt zum Schaufenster. »Such dir eine aus.«

»Okay.«

Nachdem ich die oberste Tüte vom Stapel genommen habe, gehe ich zur Kasse an der Theke.

»Was kostet die denn?«, frage ich.

»Wie viel Geld hast du denn?«, fragt der Mann zurück.

»Zehn Mark.«

»Dann kostet sie zehn Mark«, erklärt er, worauf ich meinen Zehner auf die Theke lege. Er nimmt ihn, kramt in einer Schublade herum und gibt mir sechs Mark zurück.

»Das war nur ein Scherz!«, kichert der Mann. »Hättest du auch hundert Mark für die Tüte bezahlt, wenn du so viel Geld in der Tasche gehabt hättest?«

»Nein.«

»Bist du sicher?«

»Nein«, gestehe ich und fange nun ebenfalls an zu kichern.

Ich verabschiede mich und verlasse den Laden. Kaum habe ich die Tür hinter mir geschlossen, vergeht mir schlagartig das Lachen.

Murat!

»Aha, ich hab's gewusst!«, meint er höhnisch. »Du willst Bianca also doch was schenken.«

»Irrtum!« Ich reiße die Tüte auf. »Das ist ein Geschenk für meinen leeren Magen!«

Ich greife hinein und stopfe mir eine Hand voll Chips in den Mund. Beim ersten Biss hätte ich beinahe laut aufgeschrien. Der Ring! Hoffentlich sind alle meine Zähne noch heil.

Vorsichtig kaue ich weiter. Als ich die Chips hinuntergeschluckt habe, nehme ich unauffällig den Ring aus dem Mund und stecke ihn in die Tasche. Murat hat nichts davon gemerkt, so sehr ist er mit Futtern beschäftigt. Er hat mir schon längst die Tüte aus der Hand gerupft. Sein Geschmatze ist lauter als der Straßenverkehr.

»Wo war denn der Ring?«, wundert er sich, nachdem er den letzten Krümel verputzt hat. »Hast du ihn etwa entdeckt?«

»Nein«, schwindle ich.

»Mensch, Benedikt! Das ist ja glatter Betrug! Sollen wir in den Laden zurückgehen und uns beschweren?«

»Das bringt nichts. Hinter der Theke steht so ein störrischer, alter Esel, der nicht ganz richtig im Kopf ist.« In Gedanken entschuldige ich mich bei dem netten, alten Mann für meine fiesen Lügen. »Der hat überhaupt keinen Schimmer, was er da verkauft.«

»Ach Quatsch! Der verstellt sich bloß, wetten? In Wirklichkeit ist das garantiert ein abgebrühter Ganove!«

»Meinst du?«

Murat nickt eifrig. »Weißt du was? Du und die Baronin, ihr habt einen neuen Fall!«

Kapitel 3

Am Tag darauf gehe ich mal wieder ins Seniorenheim, um die Baronin zu besuchen.

Wir haben es einem Auto zu verdanken, dass wir miteinander befreundet sind. Der Fahrer dieses Wagens rammte ein anderes Auto und beging daraufhin Fahrerflucht. Zufällig wurde der Unfall von der Baronin und mir beobachtet. Wir beide merkten uns die Autonummer. Und nachdem wir uns auf der Polizeiwache kennen gelernt hatten, merkten wir noch was: dass wir das gleiche Hobby haben – Krimis!

Seitdem lösen wir zusammen Fälle und das recht erfolgreich. Das Problem ist nur, dass wir nie genug Fälle auftreiben können. Die einzigen Täter, die wir in den letzten Wochen überführt hatten, stammten aus Büchern. In der kleinen Wohnung der Baronin stapeln sich die Krimis bis an die Decke, sogar auf dem Klo.

Die Baronin begrüßt mich mit einem kräftigen Händedruck und einem schwachen Lächeln.

»Unser Tee fällt heute leider aus, mein Junge«, erklärt sie bedauernd. »Ich muss zum Arzt. Willst du mich dorthin begleiten?«

»Gerne. Was fehlt Ihnen denn?«

Ihre Antwort besteht aus einem tiefen Seufzer. Sie nimmt ihren schwarzen Wintermantel vom Kleiderbügel. Nachdem sie ihn angezogen und zugeknöpft hat, schnappt sie sich ihre Handtasche.

»Gehen wir!«

Als sie die Wohnungstür abschließt, ruft Herr Hoffmann vom anderen Ende des Flurs: »Eine Sekunde, Frau Baronin!«

»Was will denn dieser aufdringliche Kerl schon wieder von mir?«, zischt mir die Baronin zu, während sie die Wohnungsschlüssel in ihrer Handtasche verschwinden lässt.

Herr Hoffmann kommt näher, einen Strauß Blumen in der linken und eine Schachtel Pralinen in der rechten Hand.

Mit einem strahlenden Lächeln verbeugt er sich vor der Baronin, streckt die Arme aus und sagt: »Bitte sehr!«

»Hab ich heute Geburtstag?«, knurrt die Baronin. »Was soll ich denn mit dem Gemüse und diesem ungesunden Zuckerzeug?«

»Heute ist Valentinstag«, flötet Herr Hoffmann. »Darf ich Ihnen das hier überreichen?«

Die Baronin macht immer noch keine Anstalten, die kleinen Aufmerksamkeiten entgegenzunehmen.

»Valentinstag?«, wiederholt sie mürrisch. »Das ist doch der Feiertag für Liebende! Sagen Sie mal, Herr Hoffmann, haben Ihre neuen Medikamente vielleicht irgendwelche schlimmen Nebenwirkungen, zum Beispiel Gehirnerweichung? Soweit ich weiß, sind wir beide nicht ineinander verliebt.«

»Nun ja – äh –«, windet sich Herr Hoffmann. »Manchmal ist die Liebe eine ziemlich einseitige Angelegenheit, wenn ich mal so sagen darf.«

»Sie dürfen sagen, was Sie wollen!«, entgegnet die Baronin unwirsch. »Aber ich muss Ihnen nicht unbedingt zuhören. Her damit!« Sie reißt Herrn Hoffmann den Strauß und die Pralinen aus der Hand. »Vielen Dank, auf Wiedersehen!«

Damit wendet sie sich an mich. »Hol den Schlüssel aus meiner Handtasche und schließ auf! Ich muss das Zeug reinbringen, dann können wir verschwinden.«

Herr Hoffmann verschwindet ebenfalls, und zwar auf ganz leisen Sohlen.

Huscht da tatsächlich ein Lächeln über das Gesicht der Baronin, als sie ihrem Verehrer hinterherschaut?

Ein paar Minuten später sind wir draußen auf der Straße und kämpfen gegen den eisigen Wind.

»Das Wetter ist mal wieder scheußlich!«, schimpft die Baronin. »Aber es passt genau zu dieser scheußlichen Erfindung.«

»Welcher Erfindung?«

»Dem Valentinstag! Den haben sich Blumenhändler und andere clevere Geschäftemacher ausgedacht, damit die Leute wieder mal sinnlos ihr Geld verplempern. Wie kann ein intelligenter Mensch wie Herr Hoffmann bloß auf diesen Quatsch reinfallen? Als ob ein paar Pralinen was an meinen Gefühlen für ihn ändern könnten!«

»Welchen Gefühlen?«

»Vergiss es!« Die Baronin macht ein grimmiges Gesicht. »Versprich mir, dass du dich niemals an diesem Valentinsmist beteiligen wirst. Das ist reine Geldverschwendung!«

»Keine Angst!«, beruhige ich sie. »Für so einen Schwachsinn würde ich keinen Groschen ausgeben.«

»Huhu, Benedikt!«, ruft in diesem Moment eine Mädchenstimme hinter mir.

Statt mich umzudrehen beschleunige ich meinen Gang. Die Baronin hält mich am Ärmel fest und zwingt mich zum Stehenbleiben.

»Warte mal! Da ruft dich jemand!«

Und schon ist Bianca zur Stelle, mit ihrem Hund Flipper an der Leine. Er schnuppert an meinen Schuhen und wedelt dabei mit seinem winzigen Schwänzchen. Freut er sich etwa über meine Käsefüße?

»Hast du mich nicht gehört?«, wundert sich Bianca. »Dem armen Flipper wäre beinahe das Trommelfell geplatzt, so laut habe ich deinen Namen geschrien.«

»Wahrscheinlich hat er zu viel Schmalz in den Ohren«, vermutet die Baronin. »Bist du nicht Bianca aus Benedikts Klasse?«

»Ja. Und Sie sind die Baronin. Wir haben uns schon mal gesehen.«

»Stimmt.«

Die beiden schütteln sich die Hand. Plötzlich stutzt die Baronin und betrachtet mit großen Augen Biancas Ringfinger.

Am liebsten würde ich auf der Stelle im Boden versinken!

»Wie der glitzert!«, staunt die Baronin und starrt den Ring an. »Wo hast du den denn her?«

»Von Benedikt«, verrät Bianca lächelnd. »Hat er mir heute in der großen Pause geschenkt. Zum Valentinstag«, fügt sie leise hinzu und schielt dabei verlegen zu ihrem Flipper hinunter. Der knabbert gerade an meinem rechten Schnürsenkel herum.

»Zum Valentinstag?«, wiederholt die Baronin und stemmt die Hände in die Hüften. »Da machst du solche kostbaren Geschenke?«

Ich winke schnell ab. »Das ist ein ganz billiges Teil. Ja, ehrlich! Der Ring war so 'ne Art Zugabe in einer Chipstüte.«

»Unmöglich!« Die Baronin glaubt mir kein Wort. »Den musst du deiner Mutter geklaut haben. Oder einer deiner Omas.« Sie greift nach Lydias Hand und nimmt den Ring genauer unter die Lupe. »Wenn das kein echter Diamant ist, fresse ich unseren Heimfraß!«

»Ein echter Diamant?« Ich schüttle energisch den Kopf. »Sie müssen sich irren!«

»Nix da! Ja, zugegeben, ich selbst bin zwar ein bisschen irre, aber wenn es um Schmuck geht, irre ich mich nie. Ich schwöre es euch: Dieser Ring ist ein kleines Vermögen wert!«

Bianca ist total baff. »Im Ernst?«

»Jawohl«, sagt die Baronin. »Pass bloß gut auf ihn auf, mein Fräulein! Und verrate niemandem, wie kostbar er ist, verstanden?«

»Keine Angst!«

Die Baronin wirft einen Blick auf die Uhr. »Wir müssen weiter zum Arzt. Kommst du mit?«, fragt sie mich. »Oder möchtest du lieber deine Freundin begleiten?«

»Ich komme mit, weil ich meine Freundin begleiten will«, antworte ich, worauf Bianca prompt einen Schmollmund zieht, der Baronin kurz zunickt und dann mit eiligen Schritten die Straße überquert.

Kaum ist sie verschwunden, packt mich die Baronin am Kragen und zischt: »Mein Gott! Bist du denn komplett übergeschnappt? Wo hast du diesen Ring her? Hast du auch nur einen blassen Schimmer, was der kostet?«

»Genau vier Mark!«, antworte ich. »Glauben Sie mir: Der Ring war in einer Tüte Nachos!«

»Unsinn!«

»Ich kann Ihnen das Geschäft zeigen, in dem ich die Tüte gekauft habe.«

»Auf diesen Laden bin ich jetzt schon gespannt!«, er-

klärt sie mit leuchtenden Augen. »Ein neuer Fall – vielleicht ist das genau die richtige Medizin, die ich gerade brauche. Aber zum Arzt muss ich jetzt trotzdem.«

»Wieso eigentlich?«, frage ich zum zweiten Mal an diesem Tag. »Was fehlt Ihnen denn?«

»Gesundheit, was sonst?«, erwidert die Baronin giftig und setzt sich in Gang. »Oder meinst du, ich will mir vom Arzt einen neuen Haarschnitt verpassen lassen?«

Kapitel 4

Auch am nächsten Tag will mir die Baronin nicht verraten, ob sie krank ist.

»Wie geht's Ihnen denn?«, erkundige ich mich, als wir uns wie verabredet um Punkt halb vier gegenüber meiner Schule treffen.

»Dumme Frage!«, brummt sie nur. »Siehst du nicht, dass ich schon längst tot bin?«

»Hä?«

»Solange ich noch durch die Gegend laufen kann, geht's mir gut!«, erklärt sie. »Einigermaßen jedenfalls«, fügt sie mit schwachem Lächeln hinzu.

»Was hat denn der Arzt gestern gesagt?«

»Guten Tag und auf Wiedersehen. Und jetzt genug gequatscht über meine Gesundheit. Wenn sie sich verschlechtert, bekommst du eine schriftliche Benachrichtigung, okay?«

»Wirklich?«

Die Baronin nickt. »Und zwar in einem Umschlag mit schwarzem Rand. Los, gehen wir! Du musst mir diesen Laden unbedingt zeigen. Ich will mir nämlich auch einen echten Diamanten für vier Mark kaufen. Vielleicht leiste ich mir sogar zwei oder drei! So ein Sonderangebot wird einem nicht alle Tage gemacht.«

Auf dem Weg zu dem Geschäft fällt mir auf, dass die Baronin nicht ganz so große und schnelle Schritte macht wie sonst. Normalerweise hetzt sie durch die Straßen. Heute spaziert sie gemächlich den Bürgersteig entlang. Ob sie Probleme mit ihren Beinen hat? Zu gern würde ich sie danach fragen. Aber die Baronin würde garantiert nicht darauf antworten.

Sie möchte noch einmal ganz genau wissen, wie mein Besuch in dem düsteren Laden abgelaufen ist. Und was ich mit dem Mann hinter der Theke gesprochen habe.

»Nichts Besonderes. Ich hab die Chips gekauft und bezahlt.«

»Das war alles?«

»Ja!«, versichere ich ihr. »Das heißt, beim Bezahlen hat der Mann einen kleinen Scherz mit mir gemacht. Er wollte wissen, wie viel Geld ich in der Tasche ha-

be. Und diesen ganzen Betrag sollte ich für die Chipstüte zahlen. Dabei kostete sie nur vier Mark.«

»So ein alter Gauner!«, regt sich die Baronin auf. »Ein Kind übers Ohr hauen zu wollen!«

»Moment mal!«, protestiere ich. »Erstens bin ich kein Kind mehr.«

»Sondern?«

»Ich bin zehn!«

»Also ein Kind!«, stellt die Baronin ungerührt fest. »Und zweitens?«

»Zweitens hat der Mann mich gar nicht betrogen. Auf den Zehner gab er mir ja sechs Mark heraus.«

»Weil er im letzten Augenblick von seinem schlechten Gewissen gequält wurde.«

»Und drittens bin ich *wirklich* kein Kind mehr!«

»Das hatten wir schon unter Punkt eins geklärt«, sagt die Baronin. »Wo ist denn nun endlich dieses merkwürdige Geschäft? An der Nordsee?«

»Nein, da hinten links.«

Kurz darauf stehen wir vor dem Schaufenster, das schon seit Jahren nicht mehr geputzt worden ist, und halten vergeblich Ausschau nach den Nachostapel. Sie sind genauso verschwunden wie der Zettel mit der Aufschrift: CHIPSTÜTE MIT RING!

»Sind wir überhaupt richtig hier?«, wundert sich die Baronin. »Du hast doch gesagt, da lagen mindestens dreißig Tüten.«

»Das stimmt auch! Anscheinend hat er sie alle verkauft in den letzten zwei Tagen.«

»Hm. Die anderen Sachen im Schaufenster sehen so aus, als lägen sie seit über zwei Jahren hier drin.«

Die Baronin hat Recht. Vor allem die Holzmasken und die Pappnasen sind von einer dicken Staubschicht überzogen.

»Weißt du was, Benedikt? Hier ist irgendwas faul.«

»Allerdings.«

»Komm, wir fühlen diesem greisen Ganoven mal auf den Zahn!«

Beim Öffnen der Tür wird die Baronin so sehr von der schrillen Klingel erschreckt, dass sie heftig zusammenzuckt und sich ans Herz fasst. Sie bleibt stehen, schaut zu Boden und atmet ein paar Mal tief durch.

»Alles in Ordnung?«, frage ich besorgt.

»Ja, ja!«, grummelt die Baronin.

An dem angriffslustigen Funkeln in ihren Augen erkenne ich, dass sie wieder ganz die Alte ist.

»Was soll dieser höllische Krach, den Ihre Türklingel macht?«, faucht sie den Mann hinter der Theke

an, der auch heute wieder einen weißen Kittel trägt. »Wenn ich jetzt mit einem Herzinfarkt zusammengebrochen wäre, hätte das Ordnungsamt Ihren Saftladen sofort dicht gemacht!«

»Ach, so schnell stirbt man nicht«, versucht der Mann sie zu beruhigen. »Kann ich Ihnen helfen?«

Die Baronin nähert sich meinem Ohr und flüstert: »Ist das der Kerl?«

»Nein, ich bin kein Kerl«, erklärt der Mann. »Ich bin Herr Mönkeberg. Früher, ja, da war ich mal ein Kerl. Und was für einer! Aber jetzt ist kaum noch was mit mir los. Vor allem nicht mit meinen Knochen und meinen Augen. Dafür funktionieren meine alten Ohren umso besser.«

»Wie Sie uns soeben eindrucksvoll bewiesen haben«, gesteht die Baronin eine Spur freundlicher. »Erinnern Sie sich an diesen jungen Mann hier?«

»Aha!«, melde ich mich prompt zu Wort. »Jetzt bin ich also ein junger Mann. Und vor fünf Minuten war ich angeblich noch ein Kind. Was denn nun? Sie müssen sich schon entscheiden, Frau Baronin!«

»Baronin?« Herrn Mönkebergs wässrige Augen hinter den superdicken Brillengläsern geraten in Bewegung. »Sind Sie etwa von Adel?«

»Jawohl«, entgegnet die Baronin würdevoll. »Ich bin eine von Stöver.«

»Ach! Dann kennen Sie sicher den kürzlich verstorbenen Herzog von Jevensen-Fröderborg. Ich war fünfzig Jahre sein Gutsverwalter auf Schloss Ammersing.«

»Kennen ist zu viel gesagt. Oder zu wenig. Der Herzog und ich waren um ein paar Ecken verwandt, aber begegnet sind wir uns nie. Ich wohne auch nicht in einem Schloss, sondern etwas schlichter.«

»In einem Altersheim«, sage ich, weil ich auch gerne mitreden möchte.

Die Baronin ist nicht sonderlich begeistert über meine Auskunftsfreudigkeit. Statt weiter über ihre weit verzweigten Familienbande zu sprechen, kommt sie ohne Umschweife zum Thema Nachos.

»Dieser Knabe hier hat vorgestern eine Tüte Chips bei Ihnen gekauft«, fängt sie an. »Da war ein Ring drin. Den fand ich so schön, dass ich auch gern so eine Tüte haben möchte.«

»Tja, da kommen Sie leider um drei Stunden zu spät«, sagt Herr Mönkeberg und breitet bedauernd die Arme aus. »Die hat eben jemand komplett aufgekauft.«

Die Baronin und ich wechseln einen überraschten Blick.

»Wie – aufgekauft?«, fragt die Baronin.

»Ein Mann kam rein und wollte alle Tüten haben, die im Schaufenster liegen«, erfahren wir von dem ehemaligen Gutsverwalter. »Das muss ein Nacho-Süchtiger gewesen sein.«

»Oder ein Schmuckfachmann«, murmelt die Baronin nachdenklich.

»Wieso Schmuck?« Herr Mönkeberg schüttelt den Kopf. »Die Ringe in den Tüten waren doch sicher nur billiges Zeug und nicht mal zehn Pfennig wert. Also ich hätte mir diese Ware auf keinen Fall bestellt.«

»Wie meinen Sie das?«

»Die Kiste mit den Chips ist irrtümlich bei mir gelandet«, erzählt der alte Mann. »Die war wohl für einen anderen Laden bestimmt. Ich wollte natürlich sofort bei der Spedition anrufen, aber da stand keine Adresse auf der Kiste. Und den Lieferzettel konnte ich nicht mehr finden. Tut mir sehr Leid, gnädige Frau Baronin! Diese Chips müssen Sie sich in einem anderen Laden besorgen.«

»Wie sah der Mann denn aus, der die Chips aufgekauft hat?«, frage ich und ärgere mich darüber, dass ich kein Notizheft eingesteckt habe. Okay, mein Gedächtnis ist zwar so gut, dass ich mir auch ohne

Notizen alles merken kann. Aber wenn ich jetzt einen Kuli und ein kleines Heft zücken könnte, würde ich wie ein Detektiv bei der Zeugenbefragung aussehen.

»Das war ein ganz merkwürdiger Kerl«, sagt Herr Mönkeberg. »Untersetzt, bullig und glatzköpfig. Und im T-Shirt – bei dem Wetter!«

»Wahrscheinlich hatte er sein Auto direkt vor der Tür geparkt«, vermutet die Baronin.

»Meinen Sie? Dann kann er aber die Chips nicht zufällig beim Vorbeigehen im Schaufenster gesehen haben.«

Die Baronin lächelt. »Das war auch nicht nötig. Dieser Bursche wusste ganz genau, dass Sie die Chips haben. Da können Sie Gift drauf nehmen.«

»Nehme ich sowieso schon jede Menge«, behauptet Herr Mönkeberg. »Und zwar in Form von Tabletten. In unserem Alter stopfen uns die Ärzte ja voll mit dem Zeug.«

Die Baronin zieht es vor, nicht näher darauf einzugehen.

»Hatte der Mann sonst noch was Auffälliges an sich?«, bohrt sie weiter. »Eine Narbe? Schiefe Zähne? Eine ausgeprägte Gurgel?«

»Eine Tätowierung am Oberarm, aber das hilft

Ihnen sicher nicht weiter. Da stand nur der Name seiner Freundin drauf.«

»Und wie hieß die?«, erkundige ich mich.

»Serafina, wenn ich richtig gelesen habe.«

Die Baronin wechselt noch ein paar nette Worte mit Herrn Mönkeberg. Dann verabschiedet sie sich höflich mit Handschlag von ihm und wünscht ihm alles Gute.

»Wünsche ich Ihnen auch, Frau Baronin«, ruft Herr Mönkeberg aus. »Hoffentlich weht Sie der Wind des Schicksals noch einmal in meinen bescheidenen Laden.«

»Kann schon sein«, meint die Baronin und wendet sich zur Tür.

»Eine Sekunde noch«, bittet der alte Mann hinter der Theke, worauf die Baronin und ich stehen bleiben und uns zu Herrn Mönkeberg umdrehen.

»Ja?«, fragt die Baronin.

»Warum sind die Nachos so wichtig für Sie? Oder ist das etwa ein Geheimnis?«

»Erraten! Auf Wiedersehen!«

Wir verlassen den Laden. Draußen hat es zu regnen begonnen. Nachdem die Baronin ihren riesigen Schirm aufgespannt hat, machen wir uns auf den Weg

zum nächsten Taxistand. Die Baronin möchte nicht mit der S-Bahn zurück ins Heim fahren.

»Sehr verdächtig, das Ganze!«, sage ich. »Finden Sie nicht auch?«

»Das wird eine harte Nuss«, meint die Baronin. »Fragt sich bloß, ob wir nicht lieber die Finger von ihr lassen sollen. Die Sache könnte ganz schön gefährlich werden.«

»Wieso?«

»Hast du nicht gehört, wie der Typ aussieht, der die Chips gekauft hat? Den würde ich nicht unbedingt zu mir zum Tee einladen.«

»Ich auch nicht. Aber wer weiß, vielleicht finden wir ihn gar nicht.«

Die Baronin grinst mich an. »Wir haben ihn bereits!«

»Blödsinn! Wir haben doch nur diesen Namen.«

»Das ist nicht nur ein Name, mein Junge«, sagt die Baronin. »Das ist auch eine Straße und eine Hausnummer.«

»Hä?«

»Morgen um fünf treffen wir uns dort, einverstanden?«

Ich schaue die Baronin verdattert an. »Wo?«

»Im *Serafina*, wo sonst?«

Kapitel 5

»Macht die blöde Tür auf!«, brülle ich einen Tag später, als ich zusammen mit der Baronin vor dem Eingang vom *Serafina* stehe. So heißt eine runtergekommene Bar in einer schäbigen Seitenstraße irgendwo im tiefsten St. Pauli.

»Aufmachen, ihr feige Bande da drin!«, brülle ich wütend. »Sonst trete ich die Tür ein!«

Da nichts geschieht, muss ich wohl meinen Worten Taten folgen lassen.

Mit einem wuchtigen Tritt hämmere ich die Tür aus den Angeln. Als Erster betrete ich die schummrige und verqualmte Bar. An zwei, drei Tischen sitzen einige höchst merkwürdige Gestalten. Eine davon hat sich gerade erhoben und durchbohrt mich mit drohenden Blicken. Kein Zweifel: Das muss der Kerl sein, der alle Nachotüten gekauft hat.

»Was willst du hier?«, schreit er mich mit seiner Reibeisenstimme an. »Geh auf den Spielplatz ’ne Runde schaukeln, du Hosenscheißer! Hier ist Zutritt verboten für so ’n kleines Kind wie dich!«

»Kind?«, wiederhole ich voller Zorn. »Kind?« Ich halte eine Hand hinter mein rechtes Ohr. »Hab ich da richtig gehört? Sag das noch mal, dann nehme ich erst dich und dann den ganzen Laden hier auseinander!«

»Kind! Kind! Kind! Kind! Kind!«

Wie ein Tiger stürze ich mich auf das Großmaul und setze ihn mit einem einzigen, sauberen Judogriff außer Gefecht. Als er mit dem Rücken auf den harten Boden kracht, stößt er einen lauten Schmerzensschrei aus. Hm, hat nicht richtig fallen gelernt.

Sofort springen zwei seiner Kumpane von ihren Stühlen und greifen mich an. Sekunden später leisten sie ihrem Freund Gesellschaft und ächzen und jammern mit ihm um die Wette.

»Na, will noch jemand *Kind* zu mir sagen?«, zische ich und schaue in die Runde. »Höre ich hier noch einmal dieses eklige Wort?«

»Beruhige dich, mein Kind!«, ertönt plötzlich die Stimme meiner Mutter. »Das ist nur ein böser Traum!«

Wieso Traum?

Total verwirrt öffne ich die Augen. Wo bin ich? Im Bett! Die Nachttischlampe brennt. Meine Mutter hat sich über mich gebeugt und streicht mir über die Stirn.

»Was – was war denn los, Mutti?«

Sie lächelt. »Du hast gebrüllt und wild um dich geschlagen. Was hast du denn Schlimmes geträumt? Und wer ist Serafina?«

»Eine Bar in St. Pauli, die ich gerade aufgemischt habe.«

Sie schüttelt den Kopf. »So ein Unsinn! Seit wann treibst du dich denn in Bars rum?«

»Seit morgen«, antworte ich gähnend und schließe wieder die Augen. »Sag mal, Mutti, bin ich eigentlich noch ein Kind?«

Von der Antwort bekomme ich leider nichts mit, weil ich schon wieder eingeschlafen bin ...

Als ich Murat am nächsten Morgen auf dem Schulweg von dem Traum erzähle, kriegt er sich nicht mehr ein vor Lachen.

»Benedikt, das Judomonster!«, kreischt er. »Legt sich mit den gefährlichsten Ganoven von ganz St. Pauli an und macht sie alle platt. Und ich dachte, nur Staubsauger und Blumenvasen hätten Angst vor deinen Judokünsten!«

Am liebsten würde ich Murat packen und auf den Bürgersteig schleudern, doch das würde unserer Freundschaft nicht gut bekommen. Und meinen Knochen erst recht nicht! Murat würde sich nämlich besser zu wehren wissen als die finsteren Typen, die ich in meinem Traum reihenweise zu Boden geschickt habe.

Murat will weiter lästern, doch in diesem Moment werden wir von Lydia und Bianca überholt.

»Mensch, Murat!«, faucht Lydia meinen Freund an. »Dein Gewieher ist ja bis zum Hafen zu hören! Lachst du mal wieder über deine eigenen Witze?«

»Ich würde ja lieber über deine lachen, wenn du endlich mal welche machen würdest«, gibt Murat zurück.

»Sehr komisch!« ist alles, was Lydia dazu einfällt. Sie und Bianca beschleunigen ihre Schritte.

Ob Bianca mich angesehen hat? Keine Ahnung. Ich meinerseits hab mich nämlich nicht getraut, auch nur einen einzigen Blick in ihre Richtung zu werfen. Schuld daran ist das Telefon.

Gestern hab ich Bianca angerufen. Zum allerersten Mal!

Erst traute ich mich nicht, ihre Nummer zu wählen.

Mindestens eine halbe Stunde lang strich ich unentschlossen um das Telefon herum. Dann holte ich schließlich ganz tief Luft, griff mit feuchten Händen nach dem Hörer, wählte mit zitternden Fingern die richtige Nummer, hörte Biancas Stimme am anderen Ende der Leitung – und legte blitzschnell wieder auf.

Mein Herz raste wie verrückt, als ich zehn Minuten später den zweiten Versuch startete.

Als sie sich meldete, ratterte ich in rasendem Tempo meinen Text herunter: »Hallo, hier ist Benedikt. Ich soll dir von der Baronin ausrichten, dass du niemandem was von dem Ring erzählen und ihn nicht mehr tragen sollst. Den Grund dafür erfährst du bald.«

»Okay.«

Es folgte eine endlose Pause, in der ich ebenso verzweifelt wie vergeblich nach Worten suchte.

»Wolltest du mir sonst noch was sagen?«, fragte Bianca nach einer halben Ewigkeit.

»Wiederhören!«, murmelte ich verlegen und unterbrach blitzschnell die Verbindung.

Zugegeben: Sehr rege war unser Gespräch nicht unbedingt gewesen. Aber seit diesem Anruf gestern haben Bianca und ich etwas gemeinsam – ein Geheimnis.

»Sie liebt dich nicht mehr!«, behauptet Murat, nachdem die beiden Mädchen um die nächste Ecke gebogen sind.

»Wer?«

»Na wer wohl? Bianca natürlich! Oder ist dir etwa nicht aufgefallen, dass sie deinen Ring nicht mehr trägt?«

»Ach, das hat nichts zu bedeuten«, wiegle ich ab, um dann entrüstet hinzuzufügen: »Warum sollte sie mich denn lieben, du Spinner? Mit so einem Quatsch will ich nichts zu tun haben, kapiert?«

Der belustigte Blick, den Murat mir zuwirft, bringt mich auf die Palme.

»Glotz nicht so dämlich!«, fahre ich ihn an. »Sonst darfst du gleich deine Matheaufgaben von meinem Hintern abschreiben!«

Kapitel 6

Was ist bloß mit der Baronin los?

Ich sitze ihr in der S-Bahn gegenüber. Seit ich sie vor zehn Minuten im Heim abgeholt habe, sind kaum drei Sätze zwischen uns gefallen.

Ich schaue aus dem Fenster, werfe der Baronin aber häufig kurze Seitenblicke zu. Wie ein Häufchen Elend hockt sie auf ihrem Platz, völlig in sich zusammengesunken und ohne jegliches Interesse für ihre Umgebung. Sonst entgeht ihr nie auch nur die geringste Kleinigkeit, wenn ich mit ihr zusammen unterwegs bin. Aber jetzt könnte ein lila Känguru durch die S-Bahn hüpfen, ohne dass die Baronin was davon mitkriegen würde.

Sollen wir unsere Ermittlungen in diesem Fall nicht lieber verschieben? Oder ganz die Finger davon lassen? Die Baronin hat selbst gesagt, dass die Sache

gefährlich werden könnte. Wenn sie nicht ganz fit ist, wäre es doch sicher klüger, wenn wir zur Polizei gehen und ihr die Geschichte mit dem echten Diamanten in der Nachostüte erzählen würden.

Falls es sich tatsächlich um einen echten Diamanten handelt ...

Inzwischen bin ich mir da nicht mehr ganz sicher. Vielleicht hat sich die Baronin getäuscht. Schließlich ist sie derzeit nicht im Vollbesitz ihrer Kräfte. So schlaff und erschöpft wie heute habe ich sie noch nie erlebt. Aber das kann ich ihr natürlich nicht direkt sagen, sonst würde sie explodieren wie eine Rakete. Oder sie würde nur müde nicken und das würde mich noch mehr erschrecken.

»Ich hab keine Lust auf diesen Fall«, fange ich langsam an und zeige auf den blauen Himmel. »Heute ist doch so schönes Wetter. Sollen wir 'ne Hafenrundfahrt machen? Oder mal wieder in den Tierpark gehen? Da war ich schon ewig nicht mehr.«

»Ich auch nicht«, erwidert die Baronin, während sie aufmerksam ihren linken Daumennagel betrachtet. »Und weißt du wieso? Weil es da stinklangweilig ist. Und todtraurig. Was für ein Vergnügen soll das denn sein, eingesperrte Tiere anzuglotzen?«

»Und was halten Sie von einem Bummel durch die City?«, schlage ich vor.

Da hebt die Baronin den Kopf, lächelt mich an und sagt: »Gib dir keine Mühe, mein Junge! Ich gehe jetzt ins *Serafina*, auch wenn du glaubst, dass ich kurz nach dem Reinkommen durch einen Schwächeanfall zu Boden sinken werde.«

»Aber Ihnen geht es doch nicht gut!«, wage ich zu behaupten, worauf sich die Baronin mit der rechten Hand durch die kurzen, grauen Haare fährt und einen Seufzer ausstößt.

»Ehrlich gesagt hab ich keine Ahnung, wie es mir geht«, gesteht sie zögernd. »Das wird gerade untersucht. Wenn das Ergebnis da ist, verrate ich es dir. Es sei denn, ich möchte es lieber für mich behalten«, fügt sie mit ernster Miene hinzu.

Ich nicke und verkneife mir weitere Fragen.

Zwei Stationen weiter müssen wir raus. Anscheinend kennt sich die Baronin hier in St. Pauli ganz gut aus. Ohne zu zögern biegt sie in die nächste Seitenstraße ein. Die Gegend sieht längst nicht so schäbig aus wie in meinem Traum. Und auch das *Serafina* wirkt nicht wie die heruntergekommene Spelunke, von der ich letzte Nacht geträumt habe,

sondern erweist sich als ganz normale Kneipe. Von außen jedenfalls.

»Warum gehen wir nicht rein?«, frage ich die Baronin, die vor der Tür stehen geblieben ist.

»Irgendwie hab ich ein mulmiges Gefühl bei der ganzen Sache«, gibt sie zu. »Es könnte sein, dass wir Ärger mit richtig fiesen Ganoven kriegen.«

»Super!«

»Freu dich nicht zu früh!«, warnt mich die Baronin. »Was wir vorhaben, ist kein Kinderspiel.«

»Das will ich hoffen!«, entgegne ich grimmig. »Schließlich bin ich kein Kind mehr.«

Um ehrlich zu sein, entsprechen meine tapferen Sprüche nicht dem Gefühl in meiner Magengrube. Da drin zieht und zuckt es nämlich ganz schön vor Angst.

Die Baronin schüttelt den Kopf. »Was ist so schlimm daran, ein Kind zu sein? Ich wäre gerne noch mal zehn Jahre alt.«

»Wirklich?«

»Na klar!«

»Dann müssten Sie jeden Tag in die Schule«, gebe ich zu bedenken. »Und dauernd Hausaufgaben machen. Und sich mit Ihren Eltern rumstreiten.«

»Okay, ich wäre gerne noch mal zwanzig!«, erklärt

sie lachend. »Und jetzt gehen wir endlich in die Kneipe und suchen den Kerl mit der Tätowierung. Aber achte drauf, dass du nichts Falsches sagst. Wir hören uns nur ein bisschen um, verstanden?«

»Verstanden.«

»Wir stellen ein paar Fragen und hauen dann wieder ab. Es gibt keine Beschuldigungen oder Verdächtigungen.«

»Und auch keine Kloppereien!«, verspreche ich ihr.

Sie sieht mich fragend an.

»Ich habe heute Nacht geträumt, ich hätte den ganzen Laden auseinander genommen«, verrate ich ihr. »Sie hätten mich kämpfen sehen müssen! Einen Ganoven nach dem anderen hab ich mit meinen Judogriffen außer Gefecht gesetzt. Und gleich am Anfang hab ich diese Tür hier eingetreten.«

»Lass uns lieber die Klinke benutzen«, schlägt die Baronin vor und streckt die Hand aus. Doch im letzten Moment greift sie doch nicht zu, sondern öffnet die Handtasche und zückt ihr Handy.

»Was soll das?«, frage ich.

»Kleine Vorsichtsmaßnahme«, murmelt sie, während sie eine Nummer wählt, und zwar die von Herrn Hoffmann.

»Hier ist Frau von Stöver«, meldet sich die Baronin. »Ich hätte da eine kleine Bitte. Könnten Sie die Polizei verständigen, wenn ich mich in einer Stunde nicht bei Ihnen gemeldet habe? Die sollen nach Benedikt und mir in der Kneipe *Serafina* suchen. In St. Pauli.«

Was Herr Hoffmann dazu zu sagen hat, scheint der Baronin nicht zu behagen. Auf ihrer Stirn erscheinen ein paar ungemütliche Falten.

»Regen Sie sich doch nicht so auf, Herr Hoffmann!«, beschwört sie ihren Verehrer. »Wir begeben uns nicht in Lebensgefahr. Es geht zwar um einen ziemlich kniffligen Fall, aber mit Mördern haben wir nichts zu tun.«

Kurz und knapp verabschiedet sie sich von ihm. Als sie das Handy in ihrer Handtasche verschwinden lässt, wirft sie mir einen genervten Blick zu.

»Wahrscheinlich hätte er am liebsten sofort die Polizei verständigt, damit sie uns davon abhält, die Kneipe zu betreten«, brummt sie. »Warum hat der Kerl so eine Riesenangst um mich?«

Ich öffne den Mund, doch ehe ich ein Wort rauskriege, zischt die Baronin: »Halt die Klappe!«

Kapitel 7

Die Baronin greift nach der Klinke und reißt schwungvoll die Tür auf.

Nein, hier drin ist es nicht halb so schummrig und verqualmt wie in meinem Traum. Das *Serafina* ist eine ziemlich helle und mit modernen Tischen und Stühlen eingerichtete Kneipe mit rund einem Dutzend Gästen. Keiner von ihnen sieht auch nur entfernt wie ein Ganove aus. Die meisten von ihnen scheinen Rentner oder Studenten zu sein.

Hinter der Theke steht eine Frau mit endlos langen, blonden Haaren. Geschminkt ist sie wie ein Kanarienvogel; und sie hat einen Schmetterling auf den linken Oberarm tätowiert. Sie trägt ein hautenges T-Shirt mit einem offenherzigen Ausschnitt. So einen riesigen Busen habe ich noch nie im Leben gesehen!

»Wo sollen wir uns hinsetzen?«, frage ich die

Baronin, die sich neugierig nach allen Seiten umgeschaut hat.

»An die Theke. Von dort haben wir den besten Überblick. Außerdem sollten wir versuchen, den blonden Kanarienvogel zum Zwitschern zu bringen.«

Der Barhocker ist so hoch, dass meine Füße in der Luft baumeln. Nachdem sich die Baronin neben mir niedergelassen hat, bestellt sie zwei Tassen Tee.

»Kann ich nicht lieber eine Cola haben?«, maule ich.

»Da ist zu viel Zucker drin.«

»Na und? Ich mag Zucker!«

»Dein Körper aber nicht. Außerdem sind wir nicht zum Trinken hier, sondern wegen dem Glatzkopf.«

»Der ist nicht da«, erkläre ich nach einem Blick über die Gäste. »Alle haben Haare.«

»Das könnten Perücken sein.« Sie beugt sich zu mir herab und flüstert mir ins Ohr: »Der Busen von der Blondine ist auch nicht echt.«

»Nicht echt?«

»Hast du noch nie was von Silikon gehört?«

Darauf kann ich nicht antworten, weil wir in diesem Moment den Tee serviert bekommen.

»Danke«, sagt die Baronin freundlich. »Hätten Sie vielleicht etwas Süßstoff?«

»Aber natürlich«, antwortet die Blondine mit einer erstaunlich tiefen, rauchigen Stimme. »Zu viel Zucker ist ungesund.«

»Sag ich auch immer.«

Außer uns sitzt niemand an der Theke. Da die Blondine dauernd unterwegs ist, um die anderen Gäste zu bedienen, können wir uns ungestört unterhalten.

»Wie lange sollen wir denn auf den Mann warten?«, frage ich.

»Mindestens eine Stunde. Aber wenn er hier Stammkunde ist, kennt ihn die Barfrau bestimmt. Ich weiß bloß nicht, wie ich sie möglichst unauffällig ausquetschen soll. Die ist bestimmt mit allen Wassern gewaschen.«

»Und die duften sogar richtig gut«, erwidere ich. »Was ist denn das für ein Parfüm?«

»Eau de Reeperbahn«, knurrt die Baronin. »Also ganz billiges Zeug.«

Weil die Barfrau wieder hinter der Theke auftaucht, können wir nicht weiter über sie reden. Sie dreht uns den Rücken zu und spült ein paar Gläser.

»Ich war schon mal vor ein paar Jahren hier«, erfahre ich von der Baronin. »Zusammen mit einer

Freundin, die in der Nähe wohnte. Inzwischen ist sie umgezogen.«

»Wohin?«

»Auf den Friedhof.«

Ich hasse solche Witze! Darum gehe ich auch nicht näher darauf ein, sondern lasse meine Blicke durch die Kneipe schweifen und sage: »Schöner Laden hier! Und er hat auch einen schönen Namen. So hätte ich meine Schildkröte nennen sollen. Serafina. Serafina. Serafina«, wiederhole ich mehrmals.

»Ja?«, sagt plötzlich die Blondine und dreht sich um.

Die Baronin stutzt. »Sie heißen Serafina?«

Die Blondine nickt. »Genau wie meine Kneipe.«

»Das ist aber ein seltener Name«, meint die Baronin. »Bis jetzt ist er mir nur einmal untergekommen, und zwar auf einem Oberarm.«

Die Barfrau zieht eine Augenbraue in die Höhe.

»Ich meine eine Tätowierung«, fährt die Baronin fort. »Irgend so ein bulliger Glatzkopf hat sich Ihren wunderschönen Namen auf seinen Arm ritzen lassen.«

»Dieser Bulle ist mein Freund«, sagt die Blondine lächelnd.

Volltreffer!

»Allerdings ist er kein Bulle«, fügt sie hinzu und hält

ein Bierglas unter den Zapfhahn. »Wo ist er Ihnen denn über den Weg gelaufen?«

»Im Hallenbad«, schwindelt die Baronin, woraufhin Serafina ein ungläubiges Gesicht macht.

»Irren Sie sich auch nicht?«, fragt sie die Baronin. »Dort würde sich Horst niemals blicken lassen.«

»Horst?« Weil ich mich auch ins Verhör einschalten will, tue ich so, als wäre ich total erstaunt. »Meinen Sie etwa Horst Jochbrink, den Torwart vom FC St. Pauli?«

»Nein, den meine ich nicht«, antwortet die blonde Serafina.

»Sondern?«

Klar, ich möchte gern den Nachnamen ihres Freundes erfahren, aber mein Versuch war einfach zu plump. Die Barfrau mustert mich mit eisiger Miene und sagt: »Es gibt noch was viel Ungesunderes als Zucker, mein Lieber.«

»Und das wäre?«

»Zu große Neugier!«

Sie stellt das volle Bierglas auf ein Tablett und stöckelt auf ihren hohen Absätzen zu einem der Tische am Fenster. Die Baronin und ich schauen ihr hinterher. Ihr Hintern ist mindestens so ausladend wie ihre Brüste. Ob der auch nicht echt ist?

»Wir hätten vorsichtiger fragen sollen«, raunt mir die Baronin zu. »Jetzt ist sie misstrauisch geworden. Wetten, dass sie diesen Horst gleich anruft und ihm erzählt, dass sich eine Oma und ein Kind für ihn interessieren?«

»Ich bin kein Kind!«

»Und ich keine Oma! Aber genau das wird sie ihm trotzdem am Telefon sagen.«

»Nein, wird sie nicht«, widerspreche ich. »Sie sagt es ihm ohne Telefon!«

Soeben ist nämlich dieser Horst in die Kneipe spaziert, mit einem älteren Herrn mit grauen Löckchen im Schlepptau. Kaum haben sich die beiden an einem Tisch in der hintersten Ecke niedergelassen, eilt Serafina zu ihrem Horst und küsst ihn auf den Mund. Dann erzählt sie ihm etwas, worauf Horst einen finsteren Blick in unsere Richtung wirft.

»Ach du Schande!«, murmle ich total nervös. »Gleich können wir was erleben!«

»Ruhe bewahren!«, ermahnt mich die Baronin. »Uns kann überhaupt nichts passieren.«

»Wieso nicht?«

»Du bist doch der beste Judokämpfer von Hamburg.«

»Ja, aber nur im Traum!«

Serafina kommt zurück hinter die Theke und hantiert an der Kaffeemaschine, ohne uns eines Blickes zu würdigen. Ich behalte sowohl sie als auch ihren Horst im Auge. Der unterhält sich mit dem älteren Herrn, der einen blauen Anzug, ein weißes Hemd und eine weiße Krawatte mit grünen Dollarzeichen trägt. Auf seiner linken Wange entdecke ich eine schlangenförmige Narbe.

Serafina serviert den beiden zwei Tassen Kaffee. Nachdem Horst einen Schluck getrunken hat, steht er auf, zieht seine schwarze Lederjacke aus und hängt sie über seinen Stuhl. Er trägt ein weißes T-Shirt und rote Jeans. Seine Oberarme sind etwa viermal so breit wie meine. Und was seine Oberweite betrifft, so kann er es fast mit der seiner blonden Freundin aufnehmen. Allerdings ist sein Brustkasten nicht mit Silikon gefüllt, sondern mit Muskeln.

Anstatt sich wieder hinzusetzen, kommt er auf uns zu. Vor Angst stockt mir glatt der Atem. Die Baronin trinkt einen Schluck Tee. Dabei fällt mir auf, dass ihre rechte Hand zittert.

»Sie wollen mich im Hallenbad gesehen haben?«, schnauzt Horst die Baronin ohne Umschweife an. »In welchem denn? Und wann?«

Die Baronin zuckt mit den Schultern. »Keine Ahnung. Alte Leute sind sehr vergesslich.«

Horst grinst sie höhnisch an. »Und sehr schusselig! Wahrscheinlich haben Sie sich bloß eingebildet, Sie hätten mich irgendwo gesehen. Wer sind Sie überhaupt?«

»Frau Baronin von Alzheimer. Und Sie?«

»Das geht Sie einen feuchten Dreck an!«

Er kehrt zurück an seinen Tisch.

»Zahlen!«, ruft die Baronin der Blondine zu, die gerade ein Glas Cola einschenkt.

»Sieben Mark fünfzig!«

»Acht!«, sagt die Baronin und legt einen Zehner auf die Theke.

Serafina nimmt das Geld. »Ich nehme nicht von jedem Gast Trinkgeld.«

»Wirklich nicht?«, gibt die Baronin spitz zurück. »Womit wollen Sie denn dann Ihre nächste Schönheitsoperation bezahlen?«

»Raus hier!«, zischt die Barfrau wütend und knallt zwei Mark fünfzig auf die Theke.

»Vielen Dank für die nette Bedienung!«, sagt die Baronin freundlich und rutscht vom Barhocker. »Wir werden Sie unseren Freunden weiterempfehlen. Vor

allem unseren grünen Freunden, wenn Sie verstehen, was ich meine.«

»Hä?«, macht die Blondine verständnislos.

Die Baronin kichert. »Man kann sich übrigens auch am Hirn operieren lassen. Das macht zwar nicht schöner, aber schlauer. Auf Wiedersehen!«

Trotz der dicken Schicht Schminke auf Serafinas Gesicht ist deutlich zu erkennen, dass sie knallrot anläuft. Hasserfüllt starrt sie uns an. Wenn wir nicht schleunigst abhauen, fliegt uns gleich die Kaffeemaschine um die Ohren. Ich packe den rechten Arm der Baronin und ziehe sie hinter mir her zur Tür. Beim Rausgehen schaue ich kurz zu Horst hinüber. Das Kraftpaket kümmert sich nicht um uns, sondern unterhält sich mit dem älteren Herrn.

Draußen auf der Straße bleibt die Baronin erschöpft stehen und blinzelt in die Sonne.

»War das anstrengend!«, ächzt sie. »So ein Barhocker ohne Lehne ist die Hölle für mein armes Kreuz!«

»Dabei war alles umsonst. Wir haben nur erfahren, wie der Kerl heißt, der die Nachos gekauft hat.«

»Irrtum!« Die Baronin zeigt auf einen schwarzen Kombi, der schräg gegenüber dem Serafina parkt. »Wir wissen jetzt auch, für wen er arbeitet.«

Auf dem Kombi steht in großen Buchstaben ZÖBEL GMBH. IM- UND EXPORT. Daneben sind die Umrisse eines großen Schiffes gezeichnet.

»Woher wollen Sie wissen, dass ihm das Auto gehört?«

»Lies mal das Nummernschild.«

Natürlich steht HH drauf: Hansestadt Hamburg. Und danach die vier Buchstaben ORST.

»Alle Achtung!«, lobe ich die Baronin. »Das hätte ich völlig übersehen. Was machen wir denn jetzt?«

»Gar nichts. Heute ist Freitag. Übers Wochenende hat unser Detektivbüro geschlossen. Am Montag besuche ich dann einen alten Freund, der früher mal Schauspieler werden wollte, aber keinen Funken Begabung dazu hatte. Dafür ist was anderes aus ihm geworden.«

»Was denn?«

»Hafendirektor.« Sie atmet tief durch und hakt sich dann bei mir ein. »Du spielst jetzt meinen Krückstock und bringst mich zur Haltestelle.«

»Fühlen Sie sich denn nicht gut?«

»Ruhe!«, faucht die Baronin. »Krückstöcke können nicht reden!«

Kapitel 8

Eigentlich geht das Wochenende ganz gut los.

Am Samstag weckt mich meine Mutter erst zum Mittagessen. Sie streicht mir über den Kopf und sagt: »Aufstehen, du Schlafmütze! Es gibt Pasta!«

Mit einem Satz springe ich aus dem Bett und flitze in die Küche.

»Raus hier!«, kommandiert mein Vater, der bereits am Esstisch sitzt. »Im Schlafanzug wird nicht gefuttert.«

Grummelnd rase ich wieder zurück in mein Zimmer und schlüpfe in meine Klamotten.

Kurz darauf sitze ich zwischen meinen Eltern und verschlinge im Rekordtempo meine Spaghetti.

»Warum beeilst du dich so?«, wundert sich meine Mutter. »Hast du was Wichtiges vor?«

»Ja: noch eine Portion essen!«, antworte ich kauend

und hebe meinen schon wieder leeren Teller in die Luft.

Lachend schaufelt mir meine Mutter eine weitere Ladung Spaghetti darauf. Ich mampfe drauflos, als hätte ich soeben eine dreiwöchige Fastenkur beendet.

Mein Vater schüttelt den Kopf. »Wenn ich so viel verdrücken würde wie du, würde ich nicht mehr hinter das Lenkrad passen.«

Er ist Taxifahrer. Das heißt, eigentlich ist er Obstbauer. Er hat zwar noch nie Obst angebaut, träumt aber schon seit Jahren von einer eigenen Obstplantage irgendwo im Süden. Dafür sparen meine Eltern jeden Groschen. Ich hoffe, dass sie die entsprechende Summe niemals zusammenkriegen werden. Okay, ich bin zwar gerne in Spanien oder Italien, aber nur für ein paar Ferienwochen – nicht für ein ganzes Leben.

Meine Mutter arbeitet als Kindergärtnerin. Leider. Ab und zu vergisst sie nämlich, dass ich keiner dieser nervigen Brüllaffen bin, von denen sie jeden Vormittag geärgert wird. Ja, Tatsache: Manchmal behandelt sie mich wie ein Kleinkind.

Auch heute nach dem Essen. Kaum habe ich den letzten Bissen verschlungen, fragt sie mich: »Sollen wir

gleich Plätzchen backen? Ich mache den Teig und du darfst dann die Förmchen ausstechen.«

»O super!«, ärgere ich mich. »Und was machen wir anschließend? Memory spielen? Oder steckst du mich mit einer rosa Gummiente in die Badewanne?«

»Da solltest du wirklich mal wieder rein!«, kontert sie. »Aber nicht mit ’ner Ente, sondern mit einem großen Stück Seife. Wann hast du dich eigentlich zum letzten Mal so richtig zwischen den Zehen gewaschen?«

»Äh –«

Zum Glück klingelt in diesem Augenblick das Telefon. Ich rase in den Flur und greife nach dem Hörer.

Die Baronin ist dran. Sie hat nur eine kleine Bitte, die sich allerdings anhört wie ein Befehl.

»Wird erledigt!«, verspreche ich ihr. »Morgen kümmere ich mich darum.«

»Warum erst morgen? Mach’s lieber jetzt gleich. Auf Wiederhören!«

Sie legt auf. Ich auch. Dann greife ich wieder zum Hörer. Mein Herz klopft wie verrückt. Meine Hände sind so heiß, als hätten sie zehn Minuten lang im Mikrowellenherd gelegen. Mein rechter Zeigefinger

verwandelt sich in einen Zitteraal, als er sich den Tasten nähert.

Warum bin ich so verdammt nervös?

Richtig geraten: weil ich Bianca anrufen soll. Das letzte Telefongespräch mit ihr liegt mir noch schwer im Magen. Diese schreckliche Schweigepause, die einfach kein Ende fand ... Außerdem muss ich Bianca diesmal etwas ausrichten, was sie garantiert wütend machen wird. Und auf ihr Geschimpfe habe ich absolut keine Lust!

Darum knalle ich den Hörer auf den Apparat und verschiebe die ganze Aktion auf den Nachmittag.

Am Nachmittag verschiebe ich die ganze Aktion auf den Abend.

Am Abend verschiebe ich die ganze Aktion auf den nächsten Vormittag.

Am nächsten Vormittag verschiebe ich die ganze Aktion auf den Nachmittag.

Am Nachmittag ziehe ich meine Sportschuhe an, nehme den Anorak vom Garderobenhaken und mache mich auf den Weg zum kleinen Park hinter der Kirche. Dort führt Bianca immer ihren kleinen Hund Gassi. Wenn ich Glück habe, läuft sie mir zufällig über den Weg.

Aber erst mal habe ich ein Riesenpech – denn ausgerechnet Murat kommt mir entgegen!

»Was machst du denn hier?«, fragen wir beide uns gleichzeitig.

Wir müssen kichern. Dann boxt mich Murat leicht in die Seite und meint: »Hältst du etwa Ausschau nach deiner geliebten Bianca?«

»Wie kommst du denn darauf?«

»Na hör mal! Was willst du denn sonst am Sonntag Nachmittag hier im Park? Gehst du etwa spazieren?«

»Und du?«

»Ich bin mit meiner Tante Fadime verabredet. Erinnerst du dich? Ich hab dir mal von ihr erzählt. Sie ist Fotografin.«

»Stimmt. Was hat sie denn mit dir vor?«

»Was wohl?« Murat strahlt übers ganze Gesicht. »Sie will mich knipsen und in ihre Kartei aufnehmen. Ob du es glaubst oder nicht: Sie hält mich für echt fotogen!«

Doch, das glaube ich. Murat sieht wirklich alles andere als hässlich aus.

»Kann sein, dass ich mal ein berühmtes Model werde«, fantasiert er. »Aber keine Angst: Ich werde dich trotzdem nicht vergessen. Wenn du irgendein Problem

hast, ruf einfach eine meiner Sekretärinnen an. Ich ruf dann zurück, wenn ich mal Zeit habe.«

»Sehr großzügig, du Blödmann!«

Plötzlich hebt er die Hand und ruft: »Hier bin ich, Fadime!«

Wahnsinn! Seine Tante sieht selbst aus wie ein Model. Sie ist groß und schlank und hat lange, schwarze Haare, dunkle Augen und dunkelrote Lippen.

»Das ist mein Freund Benedikt«, stellt er mich ihr vor. »Sieh ihn dir mal an. Na, könnte er auch Model werden?«

Fadime lächelt mich leicht verlegen an und meint: »Klar, warum nicht? Das Aussehen ist nicht so wichtig wie das Charisma.«

»Er sieht also nicht besonders gut aus?«, bohrt Murat sofort nach.

»Charisma ist viel wichtiger«, wiederholt Fadime und schaut dann hinauf zum diesigen Himmel. »Hör zu, Murat, wir fahren lieber in mein Studio. Für Außenaufnahmen haben wir heute nicht das richtige Licht.«

»Ist gut. Kommst du mit?«, fragt mich Murat.

»Keine Zeit«, antworte ich und verabschiede mich von den beiden.

Die Fotografin nickt mir freundlich zu, während mir Murat ins Ohr zischt: »Jetzt fang bloß nicht an zu heulen, Kumpel! Nicht jeder kann so schön sein wie ich!«

So ein eingebildeter Affe! Grimmig schaue ich ihm und seiner Tante hinterher, bis sie aus meinem Blickfeld verschwunden sind. Dann setze ich mich wieder in Bewegung.

Eine halbe Stunde lang tigere ich kreuz und quer durch den Park, bis ich schließlich am Ende eines Weges Bianca mit ihrem Flipper an der Leine auftauchen sehe. Prompt bricht in meinem Magen das große Kribbeln aus. Und meine Knie verwandeln sich in Wackelpudding. Mit meiner Zunge ist ebenfalls etwas nicht in Ordnung. Innerhalb von Sekunden ist sie um zehn Kilo schwerer geworden und lässt sich kaum bewegen.

Voller Panik beobachte ich, wie Bianca immer näher kommt. Abhauen kann ich nicht, weil mir meine Beine irgendwie nicht mehr gehorchen wollen. Bianca hat nur Augen für ihren Hund und mich deshalb bis jetzt noch nicht entdeckt. Vielleicht geht sie einfach achtlos an mir vorbei.

Das hätte sie auch getan, wenn Flipper nicht ihre

Aufmerksamkeit auf mich gelenkt hätte. Mit lautem Gebell springt er auf meinen linken Schuh, schnuppert am Schnürsenkel und wedelt dabei ausgelassen mit dem Schwanz.

Von der Baronin habe ich gelernt, dass Höflichkeit nie ein Fehler sein kann. Also nehme ich Biancas Hand, schüttle sie kräftig und verbeuge mich dabei. Sie guckt mich so verdattert an, als hätte ich gerade ihren Flipper in ein Nashorn verwandelt.

»Was soll das?«, fragt sie mich mit gerunzelter Stirn. »Du solltest in einer Fernsehserie mitspielen, und zwar als Oberkellner. Die sind auch immer so schleimig.«

»Ich hab dich doch nur ordentlich begrüßt«, erkläre ich und wundere mich selbst darüber, dass mir meine superschwere Zunge gehorcht.

»Na eben! Das hast du doch noch nie gemacht. Die andern Jungs aus der Schule verpassen einem zur Begrüßung einen kräftigen Schubs.« Sie lächelt ihren Hund Flipper an. »Aber du bist eben anders als die anderen.«

Wen meint sie damit? Flipper oder mich? Ehe ich mich danach erkundigen kann, stellt sie mir selbst eine Frage: »Was willst du hier im Park?«

»Dich sprechen.«

Es ist besser, die peinliche Sache so schnell wie möglich hinter mich zu bringen.

»Was hast du mir denn zu sagen?«

»Du sollst mir den Ring zurückgeben, soll ich dir von der Baronin ausrichten. Sie braucht ihn. Das heißt, wir brauchen ihn. Wir wollen nämlich rausfinden, wo er herkommt.«

Bianca zieht eine Schnute. »Toll! Erst schenkst du mir was – und vier Tage später muss ich das Geschenk wieder abgeben.«

»Tut mir Leid!«

»Mir auch!«

Sie greift in ihre Manteltasche, holt den Ring heraus, drückt ihn mir in die Hand und geht weiter, den widerspenstigen Flipper hinter sich her schleifend.

»Es tut mir wirklich Leid!«, rufe ich ihr hinterher. »Das ist ein ganz schwerer Fall!«

»Ja: Ein schwerer Fall von Blödheit!«, schreit sie wütend zurück. »Von dir will ich nie mehr ein Geschenk haben, verstanden?«

Sie verschwindet aus meinem Blickfeld. Tief betrübt senke ich den Kopf – und entdecke angewidert, dass mir Flipper was geschenkt hat: ein paar Pinkeltropfen auf meinem linken Schuh!

Kapitel 9

»Hast du den Ring dabei?«, ist der erste Satz, den ich am Montagnachmittag von der Baronin zu hören kriege. Wir haben uns wie verabredet um Punkt vier an der S-Bahnhaltestelle vor ihrem Heim getroffen.

Ich greife in die Innenseite meines Anoraks und fische den Ring aus der Tasche. Die Baronin reißt ihn mir aus der Hand, streift ihn über ihren linken Ringfinger und starrt ihn mit großen Augen an. Dabei strahlt sie genau so wie der Diamant, der in der Sonne funkelt.

Die Bahn hält. Beim Einsteigen frage ich die Baronin: »Wo fahren wir überhaupt hin? Zum Hafendirektor?«

»Nein, da war ich schon heute Morgen«, antwortet sie und lässt sich auf einem Platz am Fenster nieder.

»Ich hab ihn gefragt, ob für die Zöbel GmbH in den letzten Wochen irgendwelche Lieferungen im Hafen angekommen sind.«

»Und was hat er gesagt?«

»Dass er mir solche vertraulichen Informationen leider nicht verraten darf.«

»Schade.«

Die Baronin lächelt. »Da hab ich ihm gesagt, dass ich es als grobe Unhöflichkeit empfinde, wenn man einer alten Freundin eine wichtige Auskunft verweigert.«

»Und er?«

»Er behauptete, er würde seinen Job riskieren, und spielte dabei nervös mit seinem Kugelschreiber. Da hab ich auch gespielt, und zwar die beleidigte Leberwurst, und wollte grußlos verschwinden.«

»Und er?«

»Er warf seufzend seinen Computer an und servierte mir drei Namen: *Yokohashi – Señorita – Cillytown.* Diese drei Schiffe hatten in den letzten Wochen Fracht für die Zöbel Im- und Export GmbH geladen. Und jetzt rate mal, welchem Schiff wir gleich einen Besuch abstatten.«

»Der *Señorita* natürlich. Schließlich kommen Na-

chos aus Südamerika. Da wird entweder Spanisch oder Portugiesisch gesprochen. Und von den drei Wörtern klingt *Señorita* am spanischsten.«

»Bravo!«, lobt mich die Baronin. »Ihr lernt ja doch was in der Schule heutzutage.« Sie betrachtet wieder den Diamanten an ihrer linken Hand. »Was hat Bianca denn dazu gesagt, dass sie den Ring zurückgeben musste?«

»Gar nichts!«, knurre ich.

Und das den ganzen Vormittag lang. Wenn ich ihr in den Pausen auf dem Schulhof über den Weg lief, zeigte sie mir die kalte Schulter oder tat so, als wäre ich durchsichtig. Und Murat machte sich auch noch lustig darüber, dass ich so geknickt war.

Zwei Haltestellen weiter steigen wir in die S-Bahn um. Weil die Rolltreppe kaputt ist, müssen wir die Stufen zum Bahnsteig hinaufgehen. Die Baronin hält sich am Geländer fest und setzt ganz vorsichtig ein Bein vors andere. Zu gern würde ich mich nach ihrer Gesundheit erkundigen, aber leider hasst die Baronin solche Fragen.

»Alles in Ordnung?«, murmle ich nur, als wir oben auf dem Bahnsteig angekommen sind.

Die Baronin nickt ohne mich anzusehen.

In der S-Bahn erläutert sie mir ihren Plan. Sie will einfach auf das Schiff marschieren und den Kapitän fragen, ob er eine Köchin braucht. Ich soll ihren Enkel spielen. Während des Gesprächs wird die Baronin dem Kapitän ihre linke Hand so präsentieren, dass sein Blick auf den Ring fallen muss. Dabei sollen wir ganz genau die Reaktion des Kapitäns beobachten.

»Natürlich wird er versuchen, sich nichts anmerken zu lassen«, meint die Baronin. »Aber zum Glück gehorcht uns unser Körper nicht immer, wenn wir etwas verbergen wollen. Achte auf seine Mundwinkel und Augenbrauen. Ich behalte seine Finger im Auge.«

»Okay.«

An der Endstation steigen wir aus. Möwengeschrei ist zu hören und das Tuten von großen Schiffen. Da der Hamburger Hafen zu einem der größten der Welt gehört, können wir uns natürlich nicht zu Fuß auf den Weg zur Señorita machen. Hunderte von Frachtern und Kreuzfahrtschiffen liegen an den zahlreichen Piers.

Die Baronin zückt ihr Handy und ruft ein Taxi.

»Hoffentlich schicken die nicht meinen Vater. Der fährt mich bestimmt nicht zur *Señorita*, sondern nach Hause zu Mutti.«

Nein, zum Glück ähnelt der Taxifahrer, der nach drei Minuten Wartezeit auf der Bildfläche erscheint, kein bisschen meinem Vater. Es ist nämlich eine Fahrerin.

»Wir möchten zum Pier 15«, sagt die Baronin beim Einsteigen. »Zur *Señorita.*«

»In Ordnung.«

Unterwegs staune ich mal wieder über das Gewusel, das hier am Hafen herrscht. Schiffe, Kräne, Lastwagen, Container – dass bei all dem Durcheinander wirklich alles dort ankommt, wo es hin soll, ist für mich das reinste Wunder. Zig Hafenrundfahrten habe ich schon hinter mir, trotzdem kann ich nicht behaupten, mich hier auszukennen. Wenn mich die Taxifahrerin jetzt aus dem Wagen schmeißen würde, hätte ich keinen Schimmer, wie ich nach Hause kommen sollte.

Fasziniert betrachte ich die Schiffe um mich herum. Große, kleine, schäbige, frisch gestrichene, mit Namen und Matrosen aus aller Herren Länder ...

»So, weiter kann ich nicht fahren«, sagt die Dame hinterm Steuer und parkt den Wagen am Straßenrand. »Das ist Pier 15. Bis zur *Señorita* sind es nur noch wenige hundert Meter.«

»Wenige hundert Meter!«, schnaubt die Baronin, als wir kurz darauf dem Taxi hinterherschauen. »Was glaubt die eigentlich, wer ich bin? Eine Marathonläuferin?«

»Soll ich wieder Krückstock spielen?«

»Einverstanden!«

Arm in Arm gehen wir die Piers entlang, vorbei an drei Schiffen aus Südafrika, Brasilien und Norwegen. Dann kommt die *Señorita* in Sicht, ein uralter, schäbiger Frachter mittlerer Größe, der dringend einen neuen Anstrich gebrauchen könnte. Wie ausgestorben sieht das Schiff aus.

»Hat der Kahn keine Besatzung?«, wundere ich mich.

»Doch, fünfzehn Mann. Hat mir jedenfalls der Hafendirektor erzählt. Meine Güte, das Ding sieht ja aus wie ein altes Wrack! Also könnte der Kapitän eine Köchin wie mich vielleicht ganz gut gebrauchen«, fügt sie schmunzelnd hinzu.

Ich zeige auf die Flagge, die über der Kommandobrücke weht. »Wo kommt die *Señorita* denn her?«

»Aus Ecuador.« Die Baronin lässt mich los. »Also, wir gehen jetzt zum Kapitän. Falls sich irgendwann eine Gelegenheit dafür ergibt, dann lass mich allein mit

ihm und sieh dich auf diesem schwimmenden Schrotthaufen mal etwas genauer um. Aber begib dich bloß nicht in Gefahr.«

»Tun wir das nicht schon, wenn wir uns auf das Schiff wagen?«

»Allerdings. Bleib ruhig an Land, wenn dir die ganze Sache nicht geheuer ist.«

Mit diesen Worten betritt die Baronin die Gangway und geht aufs Schiff. Ich denke kurz nach. Jawohl, die ganze Sache ist mir tatsächlich nicht geheuer! Genau darum kann ich die Baronin jetzt unmöglich im Stich lassen. Also folge ich ihr auf die *Señorita*, obwohl mir vor Aufregung das Herz bis zum Hals klopft.

Kaum sind wir an Bord angekommen, taucht vor uns ein bärtiger Riese in einem roten Overall auf und schreit uns an. Ich verstehe kein einziges Wort.

»Was sagt er?«, frage ich die Baronin.

Sie zuckt die Schultern. »Keine Ahnung. Das kommt mir reichlich spanisch vor. Ein paar Brocken kann ich übrigens auch.«

Hoffentlich die richtigen Brocken!

Mit einer energischen Handbewegung bringt sie Señor Rübezahl zum Schweigen und sagt: »El Capitano, por favor!«

Der Mann sieht sie erstaunt an.

»El Capitano, por favor!«, wiederholt die Baronin.

»El Capitano?«, fragt der Mann.

»Sí!«

Eine kleine Spur freundlicher zeigt der Bärtige auf eine schmale, steile Treppe.

»O Gott!«, stöhnt die Baronin. »Haben die hier keinen Lift?«

Sie reicht mir ihre Handtasche, damit sie sich besser am Geländer festhalten kann.

»Fang mich auf, wenn ich runterfalle!«, ruft sie mir zu, als sie sich in Bewegung setzt.

Sehr komisch!

Ein paar Minuten später betreten wir die Kommandobrücke und drücken dem verdutzten Kapitän die Hand. Er ist einen Kopf kleiner als die Baronin, aber dafür ungefähr dreimal so dick. Statt in einer blauen Kapitänsuniform mit goldenen Knöpfen steckt er in einem grünen Trainingsanzug mit drei Streifen, die vor Jahren mal weiß gewesen sein müssen. Auf dem Kopf hat er nur winzige schwarze Stoppeln, doch unter der Nase einen gigantischen Walrossschnauzer.

Auf die Frage, ob er Deutsch spricht, antwortet er mit starkem Akzent: »Nur wenig. Was Sie wollen?«

Die Baronin schaut sich um. »Ich bin ganz schön geschafft von der Turnerei auf Ihrem Schiff«, gesteht sie erschöpft. »Könnten wir uns nicht setzen?«

Der Kapitän schüttelt zwar den Kopf, aber die Baronin steuert trotzdem auf einen kleinen Ecktisch zu und setzt sich auf einen der abgewetzten Stühle. Ich lasse mich neben ihr nieder. Der Kapitän schnauzt den bärtigen Mann im roten Overall an, der daraufhin die Kommandobrücke verlässt und die Tür hinter sich zuknallt. Jetzt sind wir mit dem Kapitän allein.

Mit finsterer Miene kratzt er sich an seinem stachligen Kinn. Dann kommt er auf uns zu und nimmt gegenüber der Baronin Platz.

»Was Sie wollen? Ich nix Zeit!«

»Ich komme wegen der Stelle als Schiffsköchin«, beginnt die Baronin. »Jemand hat mir verraten, dass Sie eine suchen. Wann kann ich denn anfangen? Heute schon? Oder erst, wenn Sie wieder ablegen? Natürlich würde ich mir gerne mal die Küche genauer anschauen. Und die Vorräte. Ist auch genügend Reis an Bord? Ich liebe Reis! Mit meinem letzten Schiff war ich fast nur in Asien unterwegs. Shanghai, Hongkong, Bombay, Singapur – ich kenne fast jeden Hafen da unten.«

Sie quasselt weiter, obwohl der Kapitän sie ständig

zu unterbrechen versucht. Plötzlich berührt sie mich unterm Tisch mit ihrem Knie. Ich kann mir denken, was sie mir damit sagen will: Dass ich den Kapitän nicht aus den Augen lassen soll, weil sie ihm jetzt den Ring zu präsentieren gedenkt.

Und schon liegt ihre linke Hand auf dem Tisch. Der Anblick des Diamanten haut den Kapitän fast um! Gebannt stiert er auf den Ring und wird dabei leichenblass. Das Kinn fällt ihm fast auf den Schoß. Und seine Augenbrauen stoßen beinahe an die Decke. Mit allen zehn Fingern fummelt er total nervös an seinem Schnauzer herum.

»O nein!«, ruft die Baronin plötzlich aus und wirft mir einen mitleidigen Blick zu. »Du bist ja schon wieder so käsig, mein Junge! Fühlst du dich nicht gut?«

»Doch«, antworte ich, worauf mir die Baronin kräftig auf den Fuß tritt.

»Nein, ich fühl mich nicht gut!«, jammere ich.

»Dann solltest du mal raus an die frische Luft gehen«, rät mir die Baronin. »Du bist ganz weiß um die Nase herum. Na ja, kein Wunder: Du bist ja auch ein richtiger Naseweis!« Lachend wendet sie sich an den Kapitän. »Haben Sie dieses Wortspiel verstanden, Señor? Naseweis heißt so viel wie Nasos weisos.

Capito, Capitano?« Sie lacht noch lauter. »Das war ja sogar ein spanisches Wortspiel. Also mit der Sprache werde ich sicher kein Problem haben auf Ihrem Schiff. Und mit meinen tollen Reisgerichten erst recht nicht. Wissen Sie, wie ich Basmatireis zubereite? Hier, ich hab es mir ganz genau aufgeschrieben.«

Sie reißt ihre Handtasche auf, holt einen Zettel heraus und faltet ihn auseinander. Während sie dem Kapitän dieses spannende Rezept serviert, verlasse ich die Kommandobrücke. Zu blöd, dass es schon dunkel geworden ist! Das Deck der *Señorita* ist nur ganz schwach beleuchtet. Mit Mühe und Not erkenne ich zwei geöffnete Ladeluken. Wenn ich dort reinfalle, dann gute Nacht!

Ganz vorsichtig steige ich die enge Leiter hinab, die wir vorhin hinaufgegangen sind. Der bärtige Riese im roten Overall ist nirgends zu sehen. Stimmen auf dem Schiff sind auch nicht zu hören. Wo stecken bloß die ganzen Matrosen? Ob die alle Landurlaub haben?

Ehrlich gestanden ist mir schleierhaft, wonach ich suchen soll. Klar, der Kapitän hat was mit dem Ring zu tun. Beim Anblick des Diamanten ist er ja beinahe in Ohnmacht gefallen. Und das lag sicher nicht daran, dass ihm der Ring so gut gefallen hat.

Mit unsicheren Schritten gehe ich die Reling entlang. Obwohl das Schiff im Hafen liegt, schwankt es beträchtlich hin und her. Ich bin zwar ein waschechter Hamburger, aber an der Seefahrerei hab ich trotzdem keinen Spaß. Letzten Herbst wollten meine Eltern mit mir unbedingt eine Schiffstour nach Helgoland machen. Von dem elenden Geschaukel wurde mir so schlecht, dass ich kaum die Toilette verlassen konnte.

Ich komme an einem Rettungsboot vorbei, das mit einer schwarzen Plane zugedeckt ist. Erschrocken zucke ich zusammen, weil das Boot soeben geniest hat. Oder war es die Plane?

»Hatschi!«

Ein zweites Niesen lässt mich zusammenfahren. Und dann erstarre ich vor Schreck. Die Plane wird zur Seite gerissen. Ein Junge springt aus dem Boot, schubst mich zur Seite und rennt davon.

Nanu, was war denn das?

Nachdem ich mich von der Überraschungsaktion erholt habe, laufe ich dem Jungen hinterher. Ich würde ihm am liebsten zurufen, dass er stehen bleiben soll. Aber ich darf hier keinen Krach machen, sonst gibt's bestimmt Ärger mit dem Riesen.

Der Junge ist wieselflink und läuft kreuz und quer

über das ganze Deck. Anscheinend kennt er sich hier ziemlich gut aus. Darum habe ich auch keine Chance, ihn einzuholen.

Doch plötzlich verlässt er das Schiff und düst die Gangway hinunter auf den Pier. Wo will er bloß hin? Und warum haut der Kerl überhaupt vor mir ab? Ich bin doch ganz harmlos und will ihm gar nichts tun. Niemand hat Angst vor mir, nicht mal die Fliegen in meinem Zimmer. Die wissen ganz genau, dass ich ihnen kein Beinchen krümmen würde.

Jetzt an Land kann ich so viel schreien, wie ich Lust habe.

»Was soll der Quatsch?«, brülle ich hinter dem Jungen her. »Bleib stehen! Ich will dich nur was fragen!«

Der Knabe dreht sich zu mir um – und stürzt im selben Moment mit einem lauten Schrei zu Boden.

Als ich bei ihm ankomme, hält er sich mit schmerzverzerrtem Gesicht den rechten Fuß. Er muss umgeknickt sein. Voller Panik starrt er mich an. Wovor hat er bloß so große Furcht? Sehe ich etwa aus wie ein Monster, das ihn gleich in kleine Stücke reißen will?

»Was soll das denn?«, frage ich ihn keuchend, weil mich die Rennerei ganz schön geschlaucht hat.

Er sagt kein Wort, sondern glotzt mich nur weiterhin ängstlich an.

»Benedikt!«, höre ich in diesem Moment die Baronin rufen. »Wo steckst du denn?«

»Hier!«, rufe ich zurück. »Bei dem brasilianischen Schiff!«

Mit großen Schritten kommt die Baronin auf uns zu. Als sie mich neben dem fremden Jungen knien sieht, schaut sie mich strafend an und fragt: »Hast du gerade Judo geübt?«

Die Baronin staunt nicht schlecht, als ich ihr erzähle, wo ich ihn entdeckt habe. Sie wundert sich kein bisschen, dass er vor mir Reißaus genommen hat.

»Das ist ein blinder Passagier«, behauptet sie und zeigt auf den Jungen, der nun nicht mehr ganz so verängstigt aus der Wäsche guckt. »Vermutlich aus Ecuador.«

Doch das entpuppt sich als Irrtum. Nachdem die Baronin in mehreren Sprachen auf ihn eingeredet hat, lässt er sich zwei Wörter entlocken: Antonio und Lisboa.

»Das ist also Antonio aus Lissabon«, stellt die Baronin fest. »Dort muss das Schiff angelegt haben, bevor es nach Hamburg weitergefahren ist.«

Sie streckt die Hand aus und hilft dem Jungen erst einmal auf die Beine. Zum ersten Mal erscheint ein Lächeln auf Antonios Gesicht, allerdings ein sehr schüchternes.

»Wo willst du denn jetzt hin?«, frage ich ihn, woraufhin er ein verständnisloses Gesicht macht.

»Er spricht kein Deutsch«, sagt die Baronin. »Aber auch wenn er deine Frage verstanden hätte, wüsste er keine Antwort darauf. Wetten, dass er keine Menschenseele hier in Hamburg kennt? Wahrscheinlich ahnt er nicht mal, wo er überhaupt ist. Und darum schlage ich vor, wir nehmen ihn einfach mit.«

»Wohin? Ins Altersheim?«

»Spinnst du?«, fährt mich die Baronin an. »Sieht Antonio etwa aus wie ein Rentner?«

Nein, natürlich nicht. Er hat halblange, schwarze Haare, braune Augen und ganz lange Wimpern. Seine ausgefranste, hellblaue Cordhose hat schon länger keine Waschmaschine mehr gesehen. Und sein schwarzer Pulli mit gelben Streifen ist viel zu dünn für diese Jahreszeit.

»Ist dir nicht kalt?«, frage ich ihn, obwohl ich weiß, dass er mich nicht versteht.

Seine Antwort besteht darin, dass er dreimal niest,

die verschränkten Arme gegen seine Brust drückt und mit den Zähnen klappert.

Die Baronin fischt ihr Handy aus der Handtasche und sagt: »Ich rufe uns ein Taxi.«

»Taxi! Taxi!«, jubelt Antonio mit leuchtenden Augen und reckt die Arme in die Höhe, als hätte er gerade ein Tor geschossen. »Taxi! Taxi!«

»Was soll das?«, frage ich die Baronin.

»Wahrscheinlich ist er noch nie im Leben mit einem Taxi gefahren«, vermutet sie. »Und darum ist er jetzt so sehr aus dem Häuschen.«

»Taxi! Taxi!«, wiederholt der Junge immer aufgeregter. »Papa Taxi! Papa Taxi!«

»Hä? Sein Papa ist ein Taxi?«

»Genau – und seine Mutter ist ein Fahrrad!« Die Baronin zeigt mir einen Vogel. »Mensch, Benedikt! Verstehst du wirklich nicht, was er meint? Du und Antonio, ihr seid Kollegen. Gewissermaßen.«

»Wieso?«

»Weil eure Väter den gleichen Job haben.«

Erstaunt zeige ich auf Antonio und frage: »Dein Papa Taxi?«

Er nickt heftig. Ich zeige auf mich und erkläre grinsend: »Mein Papa auch Taxi!«

Kapitel 10

Murat treibt mich noch in den Wahnsinn mit seiner Neugier!

Ich ärgere mich darüber, dass ich ihm heute Morgen auf dem Schulweg von Antonio erzählt habe. Den ganzen Vormittag hat er mich mit Fragen gelöchert. Er wollte einfach *alles* wissen: Warum Antonio von zu Hause ausgerissen ist, wieso er ausgerechnet nach Hamburg wollte, wie alt er ist, was er von Judo hält und so weiter! Leider konnte ich ihm keine Antwort geben. Als ich gestern mit dem blinden Passagier im Schlepptau nach Hause kam, war Antonio so müde, dass er nach dem Abendessen sofort ins Bett wollte – und zwar in meins. Ich musste im Wohnzimmer schlafen.

Und jetzt, fast anderthalb Tage später, ist Antonio immer noch nicht aufgewacht.

»Los, gehen wir endlich rein!«, drängt Murat, der neben mir im Schneidersitz vor meiner Tür hockt. »Vielleicht ist er so geschafft, dass er ohne fremde Hilfe nicht mehr aus dem Bett kommt. Oder er hat sich deinen Computer geschnappt und ist damit durchs Fenster verduftet.«

»Und liegt jetzt mit gebrochenen Beinen auf dem Bürgersteig, weil er keine Flügel hat und sich mein Zimmer im dritten Stock befindet, du Spinner!«

Mein Vater kommt mit einer Kaffeetasse in der Hand aus der Küche. Auf dem Weg ins Wohnzimmer bleibt er kopfschüttelnd vor uns stehen. »Wir haben auch Stühle«, brummt er. »Ihr müsst nicht unbedingt im Flur auf dem Boden rumsitzen.«

»Wir warten darauf, dass Antonio wach wird«, erkläre ich meinem Vater. »Murat will ihn unbedingt sehen.«

»Wieso? Er sieht aus wie ein ganz normaler Junge.«

»Aber das täuscht«, behauptet Murat. »In Wirklichkeit ist er ein richtiger Abenteurer, der ganz allein ausgezogen ist, die weite Welt zu entdecken.«

»Und wenn er nicht gestorben ist, dann entdeckt er sie noch heute«, fügt mein Vater in ironischem Ton hinzu. »Lasst doch den armen Kerl in Ruhe ausschlafen! Wenn er wieder wach und bei Kräften ist, unter-

halten wir uns mit ihm. Und falls sein Vater tatsächlich hier in Hamburg als Taxifahrer arbeitet, sorge ich dafür, dass er in zehn Minuten hier ist.«

Er verzieht sich ins Wohnzimmer.

Kaum ist er weg, zischt Murat aufgeregt: »Lass uns doch reingehen, Benedikt! Wem gehört denn das Zimmer? Dir oder deinem Vater?«

»Mir.«

»Na also! Du kannst doch wohl dein eigenes Zimmer betreten, wann du willst, oder? Wer weiß, vielleicht reitet dieser Antonio gerade auf deiner Schildkröte durch die Gegend. Oder er hat deine Liebesbriefe an Bianca entdeckt und lernt sie jetzt alle auswendig.«

»Obwohl er gar kein Deutsch kann, du Blödmann?«, fauche ich ihn an. »Außerdem wird er sowieso keine Liebesbriefe an Bianca finden.«

»Wieso nicht? Weil du sie so gut versteckt hast?«

»Nein, weil ich keine geschrieben habe! Und weil ich –«

»Pscht!« Murat legt den Zeigefinger auf seine Lippen. »Hast du gehört?«

»Was?«

»Pscht!«

Wir lauschen. Nein, Murat hat sich nicht getäuscht. Es ist wirklich was zu hören: ein Hustenanfall.

Murat springt auf und stürmt ins Zimmer. Ich will ihm hinterher, aber da klingelt das Telefon im Flur. Da ich mir denken kann, wer dran ist, marschiere ich zum Apparat. Ich greife nach dem Hörer und melde mich.

»Hier spricht die Baronin. Na, hast du schon mit ihm geredet?«

»Noch nicht. Er ist erst vor einer Minute aufgewacht.«

»Im Ernst?«, staunt die Baronin. »Dann ist er wohl doch kein Portugiese, sondern ein Murmeltier. Soll ich vorbeikommen und ihn ausquetschen? Oder schaffst du das auch ohne meine Hilfe?«

»Das schaff ich allein«, behaupte ich.

Die Baronin wirkt erleichtert. »Ich hätte auch gar nicht kommen können«, gesteht sie seufzend. »Heute fühle ich mich wieder so schwach, dass ich mich kaum auf die Straße traue.«

»Hat Ihnen der Arzt denn keine Medikamente verschrieben?«

»Der Arzt!«, erwidert sie verächtlich. »Wenn es nach *dem* ginge, wäre ich überhaupt nicht krank.«

»Verstehe ich nicht.«

»Ich auch nicht. Kümmere dich jetzt lieber um Antonio statt um deine alte Freundin. Mir ist sowieso nicht zu helfen. Ruf mich wieder an, wenn du was Neues weißt, okay?«

»Versprochen. Gute Besserung!«

»Danke, gleichfalls!«

»Ich bin nicht krank!«, rufe ich in den Hörer, doch die Baronin hat schon aufgelegt.

Auf dem Weg in mein Zimmer höre ich, dass Antonio schon wieder einen Anfall hat, diesmal jedoch einen Lachanfall. Ich bleibe vor der Tür stehen und spitze die Ohren. Nicht zu fassen: Murat erzählt unserem Gast irgendwelche dämlichen Witze, obwohl Antonio ihn überhaupt nicht versteht!

»Was soll der Quatsch?«, fahre ich dazwischen.

Antonio, der sich im Bett aufgesetzt hat, hört nicht auf zu kichern. Und Murat, der sich auf den Bettrand gesetzt hat, plappert ungerührt weiter.

»Und da sagt der völlig verdreckte Elch zu der schmutzigen Kröte: Nenn mich nie mehr Schwein, du Ferkel!«

Er stimmt in Antonios Gewieher mit ein. Gemeinsam lachen die beiden so laut, dass ich mir am liebsten die Ohren zuhalten würde.

»Was ist denn hier los?« Mein Vater rauscht herein und schaut erstaunt von Murat zu Antonio und wieder zurück. »Habt ihr zu viele Kichererbsen gefuttert?«

»Murat lacht mal wieder über seine eigenen Witze«, erkläre ich.

»Und unser Langschläfer?«, fragt mein Vater. »Findet der die Witze etwa komisch? Er versteht sie doch gar nicht!«

»Na eben, Vati! Wenn er sie kapieren würde, dann würde er sie garantiert nicht komisch finden.«

Murat verstummt und wirft mir einen erbosten Blick zu. »So dumm ist Antonio gar nicht. Er hat mich garantiert verstanden.«

»So? Dann frag ihn mal, wie er mit Nachnamen heißt«, fordert mein Vater Murat auf.

Der zögert keine Sekunde, sondern zeigt erst auf mich, dann auf sich und dann auf Antonio und sagt dabei unsere Vornamen: »Benedikt. Murat. Antonio.«

Dann zeigt er auf mich und sagt: »Benedikt Bachmann.« Anschließend zeigt er auf sich. »Murat Nuredin.« Dann zeigt er auf unseren Gast und fragt: »Antonio?«

»Torresto«, sagt der prompt, zeigt auf sich und wiederholt: »Antonio Torresto!«

»Torresto?« Mein Vater reißt die Augen auf. »Du bist der Sohn von Vasco Torresto?«

Da springt der Junge wie ein Wahnsinniger vom Bett, packt meinen Vater mit beiden Händen am Kragen und brüllt: »Vasco! Vasco! Papa Taxi!«

»Ja, Papa Taxi!«, bestätigt mein Vater lächelnd und schüttelt Antonio ab. »Ich kenne ihn ganz gut, habe ihn aber schon seit ein paar Wochen nicht mehr gesehen. Hoffentlich ist er noch im Lande. Am besten rufe ich ihn sofort an, okay?«

Er verschwindet in den Flur. Antonio will ihm folgen, doch auf einmal schaut er an sich herunter und reißt entsetzt die Augen auf. Er steckt nämlich in einem rosa Pyjama mit blauen Elefanten drauf, den mir meine Oma Elfriede zu Weihnachten geschenkt hat. Nie im Leben würde ich in dieses peinliche Kleidungsstück steigen!

Antonio will sich den Pyjama vom Körper reißen, doch da erscheint meine Mutter auf der Bildfläche.

»Erst wird geduscht!«, kommandiert sie. »Und dann ziehst du das hier an!«

Sie öffnet meinen Schrank und holt ein paar Sachen für Antonio heraus. Nachdem sie ihm die Klamotten in die Hand gedrückt hat, führt sie ihn ins Bade-

zimmer. Murat würde ihn am liebsten auch dorthin begleiten.

»Du bleibst hier!«, knurre ich. »Duschen kann er allein!«

»Bist du sicher? Vielleicht hält er den Duschkopf für ein Handy und quatscht hinein.«

Ich ziehe eine Schnute. »Antonio kommt aus Portugal und nicht von einem anderen Stern. Wahrscheinlich hat er schon öfter eine Dusche gesehen als du!«

»Okay, früher habe ich mich wirklich nicht besonders gern gewaschen«, gibt mein Freund zu. »Aber das ist jetzt ganz anders. Als Model muss ich nämlich supergepflegt sein. Tante Fadime hat gesagt, dass ich –«

»Vasco ist gleich hier!«, ruft mein Vater aus dem Flur. »Meine Güte, wie der getobt hat am Telefon! Hoffentlich reißt er Antonio nicht den Kopf ab!«

Zehn Minuten später sitzt Antonios Rübe immer noch auf seinen Schultern. Ein kräftiges Donnerwetter musste er zwar über sich ergehen lassen, aber das dauerte höchstens eine Minute. Dann lagen sich Vater und Sohn in den Armen und schluchzten drauflos. Ihre Tränen sind so ansteckend, dass Murat und ich ebenfalls anfangen zu flennen. Und auch bei meinen Eltern bleibt kein Auge trocken.

Vasco sieht genauso aus wie Antonio, nur etwa zwanzig Jahre älter und etwas größer und breiter. Ansonsten könnte man sie für Zwillinge halten.

Nachdem wir uns alle im Wohnzimmer um den Couchtisch gesetzt haben, geht das große Erzählen los. Von Vasco erfahren wir, dass sein Sohn schon vor zwei Wochen verschwunden ist. Seine Mutter hat in Lissabon eine Vermisstenanzeige aufgegeben. Sein Vater war für ein paar Tage in Lissabon, um nach seinem Sohn zu suchen. Aber der befand sich da schon auf hoher See.

Vasco zündet sich eine Zigarette an, wendet sich Antonio zu und quetscht ihn aus. Der antwortet nur stockend und mit leiser Stimme. Sein Vater übersetzt uns alles.

Aus Sehnsucht zu seinem Vater wollte Antonio unbedingt nach Hamburg. Der Onkel seines besten Freundes arbeitet am Hafen und erzählte ihm, welche Schiffe dorthin fahren würden. Eines Abends schmuggelte sich Antonio an Bord der *Señorita*. Er versteckte sich tagsüber in einem der Rettungsboote. Nachts streifte er herum und suchte sich was zu essen. Meistens fand er etwas, aber mehrere Tage lang musste er seinem Bauch beim Knurren zuhören.

Vasco ist gerührt, dass sein Junge die Strapazen nur deshalb auf sich genommen hat, weil er seinen Vater wiedersehen wollte. Gleichzeitig ist er natürlich auch wütend auf seinen Sohn, weil er seinen Eltern so große Sorgen gemacht hat.

Vasco erklärt erst seinem Sohn und anschließend uns, dass er noch ein paar Jahre lang hier als Taxifahrer arbeiten möchte, um sich dann mit seinen Ersparnissen ein kleines Hotel zu kaufen. Normalerweise macht er im Sommer und über Weihnachten Urlaub in Portugal, aber im letzten Jahr war einfach keine Zeit dafür. Darum hat er seinen Sohn auch schon seit fast vierzehn Monaten nicht mehr gesehen.

»Es tut mir Leid!«, entschuldigt er sich bei Antonio erst auf Deutsch und dann auf Portugiesisch. »Ich hätte unbedingt nach Hause kommen sollen, wo du mich so sehr vermisst.«

Die beiden umarmen sich wieder und vergießen ein paar Tränen. Meine Mutter zückt ein Taschentuch. Mein Vater wischt sich mit dem Handrücken über die Wange. Murat presst die Lippen aufeinander und starrt auf seine Schuhspitzen. Und ich? Ich habe zwar feuchte Augen, aber schuld daran ist nur der Zigarettenqualm hier drin. Ehrlich!

»Hat Antonio irgendwas Ungewöhnliches beobachtet auf der *Señorita*?«, frage ich seinen Vater, nachdem die beiden mit der Flennerei aufgehört haben.

Er übersetzt die Frage. Antonio überlegt ein Weilchen. Dann schüttelt er den Kopf. Doch plötzlich fällt ihm was ein.

»Er sagt, dass im Hamburger Hafen mitten in der Nacht ein Mann an Bord gekommen ist«, erklärt Vasco. »Der hat dem Kapitän zwei Bündel Geldscheine in die Hand gedrückt und ist danach sofort verschwunden.«

»Hatte der Mann eine Glatze und war klein und kräftig?«

Wieder schüttelt Antonio den Kopf.

»Oder war er älter?«, bohre ich weiter. »Hatte er graue Löckchen? Und auf der linken Wange eine schlangenförmige Narbe?«

Sein Vater stutzt. »Schlangenförmig? Was heißt das? Mein Deutsch ist nicht so gut.«

»Die Narbe hatte die Form einer Schlange«, mischt sich Murat ein. »Schlange! Wissen Sie, was das ist?«

Und schon lässt sich Murat der Länge nach zu Boden fallen und bewegt sich auf dem Teppich wie eine Ringelnatter durchs Gras.

Antonio fängt an zu kichern.

»Verstehen Sie jetzt, was ich mit schlangenförmig meine?«, frage ich Vasco. »Dieser Mann hatte so eine geschlängelte Narbe auf der Wange.«

Er redet mit seinem Sohn. Der bestätigt ihm, dass es sich tatsächlich um den Mann handelt, der zusammen mit Horst im *Serafina* aufgetaucht ist.

»Du kannst aufhören mit deiner Schlangennummer!«, rufe ich Murat zu.

Er steht auf – und stößt sich den Kopf an der Tischplatte.

Prompt kriegt Antonio wieder einen Lachanfall und brüllt etwas auf Portugiesisch.

Sein Vater wendet sich an Murat, der sich ächzend den Hinterkopf reibt. »Mein Junge meint, du hast einen richtig tollen Humor!«

Murat nickt. »Und 'ne richtig tolle Beule ...«

Kapitel 11

Am Tag darauf mache ich mich mit reichlich gemischten Gefühlen auf den Weg zur Baronin. Was ich ihr von meinen Eltern ausrichten soll, wird ihr bestimmt nicht gefallen.

Gestern am Telefon hab ich ihr erzählt, was ich von Antonio erfahren habe. Sie war nicht sonderlich beeindruckt.

»So?«, lautete ihr ganzer Kommentar.

»Haben Sie nicht zugehört?«, fragte ich sicherheitshalber noch mal nach. »Der Typ mit der Dollarkrawatte, der zusammen mit dem bulligen Horst im *Serafina* aufgekreuzt ist, hat dem Kapitän der *Señorita* zwei Geldbündel in die Hand gedrückt.«

»Womit hätte er ihn denn sonst bezahlen sollen? Mit seinen grauen Löckchen?«

»Was machen wir denn nun?«

»Atmen«, sagte die Baronin. »Zu was anderem kann ich mich heute nicht aufraffen.«

»Geht es Ihnen denn immer noch nicht besser?«

»Kein bisschen«, klagte sie. »Und darum lege ich mich jetzt auch wieder hin.«

Ob sie mich gleich im Nachthemd empfangen wird?, überlege ich, als ich das Altersheim betrete. Oder macht sie mir erst gar nicht auf? Dann sollte ich vielleicht zu Herrn Hoffmann gehen und ihn fragen, ob wir einen Notarzt rufen sollen.

Doch kaum habe ich auf die Klingel gedrückt, da öffnet die Baronin mir auch schon die Tür. Sie trägt ein beiges Kostüm und eine schwarze Strumpfhose und ringt sich ein Lächeln ab, als sie mir zur Begrüßung die Hand schüttelt. Ihre Laune scheint nicht sonderlich gut zu sein.

»Komm rein!«, fordert sie mich auf. »Ich muss dir was zeigen!«

Sie geht voran ins Wohnzimmer, zeigt mit eisiger Miene auf den Tisch und grunzt: »Sieh dir das an!«

Alles, was ich auf dem Tisch entdecken kann, ist ein knallroter Lippenstift.

»Was ist so schlimm an dem Ding?«, frage ich achselzuckend. »Gefällt Ihnen die Farbe nicht?«

»Das auch! Aber noch weniger gefällt mir der Kerl, der mir den Lippenstift geschenkt hat!«

»Herr Hoffmann?«

»Ja, Herr Blödmann!«, schnaubt die Baronin zornig. Sie lässt sich auf dem Sofa nieder, verschränkt die Arme und schlägt die Beine übereinander. »Letzte Woche die Blumen und die Pralinen – und heute dieser Lippenstift! Was schenkt er mir nächste Woche? Einen Ehering?«

»Äh – übrigens – was den Ring betrifft –« Am besten sollte ich möglichst schnell loswerden, was ich der Baronin sagen muss. »Schöne Grüße von meinen Eltern!«

»Danke!«

»Als Antonio von der Geldübergabe berichtete, wollten meine Eltern natürlich wissen, was Sie und ich mit der *Serafina* zu tun haben. Da musste ich ihnen von unserem neuen Fall erzählen. Tja – äh –« Ich zupfe verlegen an meinem Anorakärmel herum. »Meine Eltern haben mir verboten, mich weiter mit diesen Typen zu beschäftigen. Sie meinen, die wären zu allem fähig, weil es bestimmt um sehr, sehr viel Geld geht.«

Erstaunlicherweise pflichtet die Baronin ihnen bei.

»Deine Eltern haben völlig Recht, Benedikt. Dieser Fall ist eine Nummer zu groß für uns. Darum sollten wir ihn lieber der Polizei überlassen.«

»Echt?«

Sie nickt. »Eigentlich wollte ich heute noch mal auf das Schiff, aber das ist mir viel zu gefährlich.«

»Was wollten Sie denn auf dem Schiff?«

»Meinen Ausweis abholen. Er muss mir aus der Handtasche gefallen sein, als ich auf dem Schiff das Reisrezept rausgeholt habe.« Plötzlich richtet sie sich kerzengerade auf und legt die Stirn in Falten. »Moment mal! Der Kapitän könnte mir auch den Ausweis geklaut haben. Kurz nachdem du die Kommandobrücke verlassen hattest, wollte der Kerl mich unbedingt loswerden. Er rief den bärtigen Riesen und dieser Grobian packte mich am Arm, zog mich vom Stuhl und ließ mich nicht mehr los, bis ich die Kommandobrücke verlassen hatte. Dann musste ich wieder die steile Treppe hinabklettern. Als ich unten ankam, rief der Kapitän von oben: ›Sie was haben vergessen!‹ Und dann warf er mir die Handtasche zu.« Sie ballt die Fäuste. »Der Mistkerl hat mir den Ausweis geklaut, wetten?«

Es klingelt an der Tür.

»Das ist Herr Hoffmann!«, zischt die Baronin und steht auf. »Ich bin genau in der richtigen Stimmung, ihm mal ein paar deutliche Worte um die Ohren zu hauen!« Sie nimmt den Lippenstift vom Tisch und drückt ihn mir in die Hand. »Hier, für deine nette Freundin!«

»Erstens ist Bianca nicht meine Freundin und zweitens nicht nett!«

Jedenfalls nicht zu mir. Seit dem Nachmittag, an dem ich ihr den Ring wieder abknöpfen musste, hat sie kein Wort mehr mit mir gewechselt. Das werde ich der Baronin gleich erzählen, nachdem sie ihrem aufdringlichen Verehrer die Meinung gesagt hat.

Doch keiner der beiden Männer, die zehn Sekunden später ins Wohnzimmer kommen, hat auch nur die geringste Ähnlichkeit mit Herrn Hoffmann. Bei ihrem Anblick rutscht mir das Herz in die Hose. Es sind Horst und der Riese von der *Señorita*! Heute trägt er keinen Overall, sondern eine gelbe Öljacke und eine weiße Leinenhose.

»So eine Unverschämtheit!«, ereifert sich die Baronin. »Ich hab Sie nicht in meine Wohnung gebeten. Also raus hier, und zwar dalli!«

Ein verächtliches Grinsen erscheint auf Horsts

Gesicht. »Reg dich ab, Oma! Sonst lernst du uns mal kennen!«

»Ich kenne Sie bereits, Horst! Und wie heißt dieser finstere Geselle hier?«

»Das ist Pablo«, stellt der Glatzkopf seinen Begleiter vor, der sich neugierig im Wohnzimmer umschaut.

»Und was wollen Sie hier?«

»Was willst du von uns, Oma?«

»Nennen Sie mich gefälligst nicht Oma!«, protestiert die Baronin giftig. »Mein Name ist –«

»Ich kenne deinen Namen«, unterbricht Horst sie unhöflich und fischt ihren Ausweis aus seiner braunen Jeans. »Den hat dir Käpt'n Alvarez abgenommen, damit wir dir mal einen Besuch abstatten können.«

»Na schön, Sie haben mich besucht.« Die Baronin zeigt zur Tür. »Jetzt können Sie ja wieder abhauen.«

»Genau das hatten wir auch vor«, sagt Horst. »Und zwar zusammen mit dir und deinem kleinen Komplizen. Los, raus hier! Der Boss möchte unbedingt ein ernstes Wörtchen mit euch reden. Wir bringen euch zu ihm.«

»Vergessen Sie's!«, erwidert die Baronin barsch und legt einen Arm um meine Schultern. »Uns kriegen Sie hier nicht raus, kapiert?«

Kapitel 12

Kurz darauf sitzen wir auf der Rückbank von Horsts schwarzem Kombi, der uns schon letzten Freitag vor dem *Serafina* aufgefallen war. Schuld daran, dass wir doch die Wohnung der Baronin verlassen haben, sind die Jackentaschen der beiden Ganoven. In der von Horst befindet sich ein winziger Revolver, während Pablo ein Stilett mit sich spazieren führt, dessen Klinge wir eben freundlicherweise besichtigen durften.

»Merk dir die Strecke!«, raunt die Baronin mir zu, als Horst den Motor startet.

Ich nicke zwar, aber eigentlich bin ich viel zu geschockt, um an irgendwas anderes denken zu können als an mein nahes Ende. Warum sollten uns die Gangster wieder im Altersheim abliefern, nachdem der Boss mit uns geredet hat? Wir könnten jederzeit

zur Polizei gehen und die ganze Bande auffliegen lassen. Dieses Risiko will der Boss garantiert vermeiden. Und wie? Bestimmt nicht, indem er uns gleich laufen lässt.

Inzwischen ist Horst losgefahren und unterhält sich mit seinem Kumpel. Weil das Gespräch auf Spanisch geführt wird, verstehen wir kein Wort.

Die Baronin ist mindestens so nervös wie ich. Sie kaut auf der Unterlippe herum und knetet den Griff ihrer Handtasche. Ist denn da nichts drin, was uns aus der Patsche und vor allem aus dem Auto helfen könnte? Na klar: ihr Handy! Aber was würde geschehen, wenn die Baronin das Ding aus der Tasche kramen und an ihr Ohr halten würde? Dann würden die beiden ebenfalls in die Tasche greifen und *uns* was ans Ohr halten: eine Pistole und ein Stilett.

Aber wer weiß, vielleicht kriegen sie gar nichts davon mit, was hinter ihrem Rücken passiert. Horst und Pablo streiten sich nämlich gerade lautstark. Zu gern wüsste ich, was sie sich gegenseitig ins Gesicht schreien. Ob das irgendwas mit den Diamanten zu tun hat?

Nicht zu fassen, welchen Ärger uns die Nachostüte aus dem kleinen Laden eingebracht hat! Bianca wäre sicher nicht mehr sauer auf mich, wenn sie wüsste,

dass ich wegen dieses dämlichen Rings in Lebensgefahr schwebe. Morgen in der Schule wollte ich ihr den Lippenstift schenken, aber daraus wird ja wohl nichts.

Der Lippenstift!

Ich greife in meine Anoraktasche und hole ihn heraus.

»Was willst du denn damit?«, wundert sich die Baronin mit leiser Stimme. »Dich schminken?«

Nein, nicht mich, sondern die Scheibe neben mir!

Wenige Sekunden später bremst der Wagen vor einer roten Ampel. Am Straßenrand, nur drei Meter entfernt, warten zwei Taxis auf Kundschaft. Einer der Fahrer blickt gerade von seiner Zeitung auf und schaut in meine Richtung. Ohne zu zögern schreibe ich Vaters Handynummer auf die Fensterscheibe, natürlich in Spiegelschrift. Der Taxifahrer, ein jüngerer Blondschopf mit buschigen Augenbrauen, zuckt mit den Schultern. Ich falte die Hände wie zu einem Gebet und durchbohre den Fahrer mit einem flehenden Blick. Da greift er nach einem Kugelschreiber und notiert die Nummer auf den Rand seiner Zeitung.

Die Ampel springt auf Grün. Horst, der Pablo fast ununterbrochen anbrüllt, drückt das Gaspedal durch.

Ob der Taxifahrer schnell genug war, alle Zahlen aufzuschreiben? Aus Angst vor den beiden Ganoven wische ich die Handynummer mit dem rechten Anorakärmel von der Scheibe, die anschließend total verschmiert aussieht.

»Fabelhaft!«, flüstert die Baronin mir zu und tätschelt anerkennend mein linkes Knie. »Das war ein großartiger Einfall!«

»Und wenn er uns trotzdem nicht hilft?«

»Abwarten!«

Höchstens drei Minuten später unterbricht Horst plötzlich seine spanische Schimpfkanonade und schreit: »Verfluchter Mist! Wir werden von einem Taxi verfolgt! Na warte, Bursche, dich häng ich ab!«

Er beschleunigt das Tempo, tritt dann abrupt auf die Bremse und biegt ein.

»Weg ist er!«, jubelt Horst, worauf die Baronin und ich einen enttäuschten Blick wechseln.

Doch im nächsten Moment kreischt Horst erneut: »Wir werden schon wieder verfolgt! Von einem anderen Taxi!«

Das hängt er zwar auch ab, aber kurz darauf taucht ein neues hinter uns auf. Horst und Pablo geraten in Panik – und die Baronin und ich vor Freude aus dem

Häuschen! Der blonde Fahrer hat also nicht nur die Nummer des Handys notiert, sondern auch die von Horsts Auto. Wetten, dass mein Vater alle Kollegen alarmiert und sie gebeten hat, uns zu verfolgen? Und die Polizei hat er bestimmt auch schon eingeschaltet.

Leider entpuppt sich Horst als glänzender Rennfahrer. Im Affenzahn düst er durch den dichten Verkehr und biegt immer wieder total überraschend in kleine Seitenstraßen ein. Auf diese Weise gelingt es ihm tatsächlich, alle Verfolger abzuschütteln.

Die Baronin und ich können uns denken, wohin die Reise geht: zur *Señorita*! Als die ersten Schiffe in Sicht kommen, rüttle ich verzweifelt am Türgriff.

»Sinnlos!«, ruft Horst mir zu. »Spar dir lieber deine Kräfte, damit du gleich beim Boss 'ne gute Figur machst!«

Eine gute Figur? Vor lauter Angst werde ich dem Boss ohnmächtig zu Füßen fallen.

Mit quietschenden Bremsen bringt Horst schließlich das Auto zum Stehen, direkt vor der Gangway der *Señorita*. Er und Pablo springen gleichzeitig raus und reißen die Hintertüren auf.

»Los, Beeilung!«, drängt Horst.

Auf der Gangway stößt die Baronin mich leicht in

die Seite und zischt: »Halt die Klappe und lass *mich* reden!«

»Okay!«

Das ganze Deck vibriert, als wir auf dem Schiff ankommen. O nein! Die Motoren laufen auf Hochtouren. Soll das etwa heißen, dass wir gleich ablegen?

Genau so ist es! Nachdem die Gangway an Land gezogen wurde, tönt aus dem Lautsprecher über der Kommandobrücke der Befehl: »Leinen los!«

Das Schiff legt ab. Tschüs, Hamburg! Tschüs, Deutschland! Tschüs, Leben!

Horst und Pablo lassen uns einfach stehen und verschwinden unter Deck.

»Was sollen wir bloß tun?«, jammere ich, während mir die Tränen in die Augen schießen. »Die werden uns den Haien zum Fraß vorwerfen.«

»Blödsinn!«, erwidert die Baronin. »Hier gibt's keine Haie!«

»Dann eben Makrelen. Oder Aale. Ist doch egal, wer uns gleich fressen wird!«

»Dieser verdammte Arzt!«, ruft die Baronin plötzlich aus und strahlt mich fröhlich an. »Er hat Recht gehabt!«

»Hä? Womit?«

»Ich dachte, ich sei schwer herzkrank. Seit einer

Woche leide ich doch unter Atemnot. Der Arzt meint, das sei alles nur Einbildung. Ich Wirklichkeit wäre ich kerngesund.« Sie schüttelt den Kopf. »Unglaublich: Der Mann hat Recht! Hier, fühl mal!«

Sie nimmt meine rechte Hand und legt sie auf ihr Herz.

»Fühlst du, wie es schlägt? Ganz normal! Dabei bin so aufgeregt, dass es eigentlich galoppieren müsste. Und meine Atmung ist auch nicht sonderlich beeindruckt von der Gefahr, in der wir schweben. Na, was sagst du dazu?«

»Müssen wir jetzt unbedingt über Ihre Gesundheit reden?« Ich reiße meine Hand los. »Denken Sie lieber darüber nach, wie wir wieder an Land kommen sollen.«

»Gar nicht, junger Mann!«

Die letzten Worte stammen von dem Boss mit den grauen Löckchen, der zusammen mit dem Kapitän, Horst und Pablo an Deck erscheint. Er trägt einen Pelzmantel und hält eine dicke Zigarre zwischen seinen Wurstfingern.

»Was haben Sie mit uns vor?«, schnauzt ihn die Baronin an.

»Das hängt davon ab, was Sie mir zu erzählen

haben«, erwidert der Boss gelassen. »Was wissen Sie von uns?«

»Gar nichts!«, antwortet die Baronin.

»Ach nee!« Er schnappt sich ihre linke Hand. »Und wie kommt dieser Diamant an Ihren Finger?« Er zieht ihr den Ring ab. »Raus mit der Sprache!«

Die Baronin schweigt hartnäckig, worauf Horst dem Boss anbietet: »Wenn Sie wollen, kann ich die beiden zum Reden bringen.«

»Bring sie lieber zum Schweigen.«

»Wie denn?«, fragt Horst.

»Lass dir was einfallen. In zwei Stunden steigen wir um auf meine Yacht. Bis dahin ist die Sache geregelt, verstanden?«

Der Boss dreht uns den Rücken zu und will verschwinden. Da packe ich ihn verzweifelt am Ärmel und brülle: »Lassen Sie uns leben! Dann erzähle ich Ihnen auch alles!«

Er fährt herum und brüllt zurück: »Rühr mich nicht noch mal an, du Giftzwerg! Und jetzt sag mir sofort, was ihr wisst.«

»Halt den Mund!«, ermahnt mich die Baronin, doch ich höre nicht auf sie.

»Wir haben eine Tüte Nachos gekauft«, sprudle ich

drauflos. »Und da war dieser Ring drin. Wir sind Detektive, die Baronin und ich. Darum wollten wir unbedingt rausfinden, wieso ein echter Ring in der Tüte war. Von dem Mann im Laden erfuhren wir von der Tätowierung auf seinem Arm.« Ich zeige auf Horst. »So kamen wir ins *Serafina.* Und der schwarze Kombi mit der Aufschrift auf der Tür brachte uns auf die Zöbel GmbH und die *Señorita.* Mehr wissen wir nicht, ehrlich! Glauben Sie mir! Wir haben keine Ahnung, was für Geschäfte Sie betreiben.«

»Ihr wisst also nicht, dass wir Diamanten schmuggeln?«, fragt der Boss argwöhnisch.

»Nein!«, beteure ich.

»Und dass wir in mindestens dreißig Nachostüten echte Ringe stecken?«

»Nein!«, wiederhole ich. »Davon hatten wir keine Ahnung.«

»Aber jetzt wisst ihr es!«, sagt der Boss. »Allerdings nicht mehr sehr lange«, fügt er kichernd hinzu und verschwindet wieder unter Deck, gefolgt von seinen drei lachenden Begleitern.

»Herzlichen Glückwunsch!«, faucht die Baronin, als wir alleine sind. »Du hast uns soeben um Kopf und Kragen geredet.«

»Die würden uns auch zum Schweigen bringen, wenn wir weiter geschwiegen hätten.«

»Das kann man nie wissen.«

»Und jetzt?«

Die *Señorita* hat das Hafengebiet noch nicht verlassen. Wir könnten um Hilfe schreien, aber außer ein paar Möwen würde uns vermutlich niemand hören.

Gedankenversunken starrt die Baronin auf das Wasser. Ob sie das Gleiche denkt wie ich?

»Ich hab Recht, stimmt's?«, murmle ich tonlos. »Die werden dafür sorgen, dass wir als Fischfutter enden. Sobald sich das Schiff draußen auf hoher See befindet, landen wir im Wasser.«

»Es sei denn, wir landen jetzt schon drin! Los, komm!«

Sie legt einen Arm um meine Schulter und schleift mich mit zur Reling.

»Kannst du schwimmen?«

»Warum?«, frage ich zurück und schaue dabei entsetzt auf die Wellen.

»Ja oder nein?«

»Warum?«, wiederhole ich doppelt so laut. »Sie wollen doch nicht etwa –«

»Ich will nicht, aber ich muss! Und du auch!« Die

Baronin klettert über das Geländer und wirft mir dabei einen aufmunternden Blick zu. »Hab keine Angst! Ich war mal Rettungsschwimmerin!«

»Wirklich?«

Sie nickt und greift nach meiner Hand. »Auf drei springen wir. Lass mich nicht los, verstanden?«

»Moment mal!«

»Nun klettere schon rüber!«

Das muss ein Traum sein. Na klar – das ist ein Traum! So wie der von meinem grandiosen Judokampf im *Serafina*, wo ich Horst und seine Kumpel nacheinander auf die Matte legte. Ich kann unmöglich in Wirklichkeit mit der Baronin auf einem südamerikanischen Frachter stehen, bedroht von ein paar hundsgemeinen Verbrechern und kurz davor, ins Hamburger Hafenbecken zu springen.

»Mach schnell!«, ruft die Baronin.

Okay, sage ich mir gelassen. Nur ein Traum! Also warum nicht über das Geländer klettern, um einen kleinen Bauchplantscher ins dreckige Hafenwasser zu machen?

Kaum bin ich neben der Baronin angekommen, zählt sie: »Eins! Zwei! Drei!«

Schwer zu sagen, welcher Schrei lauter ist, der von

der Baronin oder meiner. Jedenfalls brüllen wir wie verrückt, als wir uns von der Reling ins Wasser stürzen. Eisig kalt sind die Fluten, in die wir eintauchen. Nur wenige Sekunden bleiben wir unter Wasser, aber die kommen mir vor wie eine halbe Ewigkeit. Nachdem wir uns zurück an die Wasseroberfläche gekämpft haben, trauen wir kaum unseren Augen: Über uns schwebt ein Polizeihubschrauber – und links von uns steuert ein Boot der Hafenpolizei auf uns zu.

»Halte durch, mein Junge!«, beschwört mich die Baronin. »Die fischen uns gleich raus. Hast du Angst?«

»Nö«, schwindle ich. »Sie sind doch Rettungsschwimmerin.«

»Stimmt. Aber es ist schon ziemlich lange her, seit ich zum letzten Mal geschwommen bin.«

»Wie lange denn?«

»Etwa 47 Jahre, wenn ich mich nicht irre ...«

Kapitel 13

»Hatschi!«, begrüßt mich die Baronin, als ich am übernächsten Tag unangemeldet bei ihr auftauche.

»Hatschi!«, antworte ich.

Lachend bittet sie mich ins Wohnzimmer.

»Ich koche uns einen Erkältungstee«, schlägt sie vor. »Der schmeckt zwar wie eingeschlafene Füße, aber dafür hilft er vielleicht gegen unseren Schnupfen. Oder möchtest du lieber einen anderen Tee?«

»Hatschi!«

»Tja, im Februar sollte man lieber nicht im Hafenbecken schwimmen gehen«, meint sie schmunzelnd und verschwindet in ihrer winzigen Küche.

»Das war lebensgefährlich!«, rufe ich der Baronin hinterher. »Der lange Kerl von der Hafenpolizei sagte zu mir, es wäre Wahnsinn gewesen, bei diesen Temperaturen ins Wasser zu springen.«

»Ich wusste, dass uns schnell jemand rausfischen würde«, ruft die Baronin zurück. »Da waren doch zig Schiffe unterwegs. Hast du schon den Zeitungsartikel gesehen? Er liegt auf dem Tisch.«

Ich lasse mich aufs Sofa fallen und greife nach der Zeitung. Ja, den Artikel hat mir mein Vater heute Morgen schon vorgelesen. Weder von der Baronin noch von mir ist darin die Rede. Dafür wird Antonio Torresto wie ein Held gefeiert.

BLINDER PASSAGIER ALS AUGENZEUGE

lautet die Überschrift. Daneben prangt ein großes Foto von Antonio, der inzwischen mit seinem Vater zurück nach Hause geflogen ist.

Mit Hilfe des 12-jährigen Antonio T. aus Lissabon gelang der Polizei ein wichtiger Schlag gegen den Diamantenschmuggel. In Chipstüten verpackt transportierte eine Bande jahrelang wertvolle Edelsteine nach Europa. Dem kleinen Antonio, dessen Vater als Taxifahrer in Hamburg lebt, ist es zu verdanken, dass dem Schmugglerring das Handwerk gelegt werden konnte. Er wird im kommenden Prozess als Augenzeuge der Anklage aussagen.

Zum Schluss heißt es: *In einigen Jahren möchten Antonios Eltern ein kleines Hotel an der Algarve*

eröffnen. Mit der Belohnung in Höhe von 50.000 Mark sind sie ihrem großen Traum ein kleines Stückchen näher gekommen.

»Na, hast du das gelesen?« Die Baronin stellt zwei Teetassen auf den Tisch. »50.000 Mark Belohnung! Und wir beide gehen leer aus!«

Nicht ganz ...

Gestern in der Schule hat Bianca wieder mit mir geredet. Murat hat ihr und wahrscheinlich auch dem Rest der Schule erzählt, wie die Baronin und ich die Schmugglerbande zur Strecke gebracht haben. Bianca erkundigte sich besorgt, ob ich den Sprung ins Wasser unverletzt überstanden habe. Ich nickte und nieste. Außer einer Erkältung hatte mein Ausflug ins Hafenbecken keine weiteren Folgen.

»Bist du nicht sauer wegen dem Artikel?«, fragt die Baronin.

»Nicht so sauer wie Murat.«

Sie guckt mich erstaunt an. »Murat? Was hat der denn mit der Schmugglerbande zu tun?«

»Gar nichts. Er ärgert sich über Antonios Foto.«

Jetzt versteht die Baronin überhaupt nichts mehr. »Wieso denn das?«

»Weil seine Tante Fadime Antonios Foto auch ge-

sehen hat. Und sie ist so begeistert von ihm, dass sie nächsten Monat, wenn sie in Portugal zu tun hat, unbedingt Bilder von ihm machen will. Fadime ist Fotografin. Sie glaubt, dass Antonio Model werden könnte.«

»Und was hat das mit Murat zu tun?«

»Na ja, letzte Woche dachte er, er könnte auch Model werden. Doch nachdem seine Tante Antonio gesehen hat und er sich anhören musste, wie sie von ihm schwärmt, hat er seine Modelkarriere beendet, ehe sie richtig angefangen hat.«

»So ein Spinner!«

Der Wasserkessel fängt an zu pfeifen. Die Baronin geht in die Küche und kommt kurz darauf mit der Teekanne zurück. Kaum hat sie sich neben mir auf dem Sofa niedergelassen, klingelt es an der Tür.

Seufzend steht die Baronin auf. »Das sind bestimmt wieder zwei Gangster, die uns entführen wollen.«

Irrtum: Es ist Herr Hoffmann, der von der Baronin kurz und schmerzlos abgewimmelt wird.

»Ich habe Besuch«, höre ich sie in der Diele brummen. »Was soll das sein?«

»Nur eine Aufmerksamkeit.«

»Danke! Wiedersehen!«

Sie knallt die Tür zu.

»Sieh dir das an, mein Junge!« Mit empörter Miene rupft sie rosa Geschenkpapier von einer kleinen Packung. »Eine kleine Aufmerksamkeit!«, schnaubt sie wütend. »Was soll diese ewige Schenkerei? Ist denn das ganze Jahr Weihnachten?«

»Was hat er Ihnen denn diesmal in die Hand gedrückt?«

»Hustensaft!«, schnaubt die Baronin und nimmt die Packung genauer in Augenschein. »Gegen schwere Bronchitis. Also das ist ja wohl eine Unverschämtheit! Sehe ich irgendwie krank aus? Nein, ich bin kernge– Hatschi! Hatschi! Hatschi!«

Lachend fällt sie neben mir aufs Sofa.